北京宣传文化引导基金资助项目

九重葛

邵丽 著

北京出版集团
北京十月文艺出版社

目录

九重葛　　　　　　001

圣诞玫瑰　　　　　065

第四十圈　　　　　099

迷　离　　　　　　193

寂寞的汤丹　　　　213

礼拜六的快行列车　255

九重葛

一

她是个闲不下来的人。她不停地擦拭房间里的物件,每一件东西都纤尘不染。她不停地拖地,木地板已经有了明显的深浅不一的凸凹。她一遍遍地重新摆放柜子里外的器具,那些器具本身已经排列整齐,如同久经训练的列兵一样。清洗床单和每天换下来的衣服。她一个人的家,衣服洗了又洗,床单至少得用够一个礼拜吧。每天分配给清洗卫生洁具的时间更长,这是一项比较复杂的系统工程,频繁地更换一次性手套,使用三种工具:擦洗坐垫的一次性消毒湿巾,彻底清洗马桶内侧的洁厕灵和软毛刷,擦洗马桶外侧的一次性小毛巾。

她一个人的家，这些能令她身体处于活动姿态的活儿实在少得可怜。

还能干些什么呢？

干完这些事情，她换掉工作时的全套衣服，扔进专用的小洗衣机里，打开淋浴器清洗自己，然后换上干净的衣服。

她不睡懒觉，六点半准点起床。早餐很简单，牛奶加速溶麦片，一个鸡蛋，一片加热的面包片蘸蜂蜜。

差不多上午八点钟的样子，她便做完了所有要做的工作。

余下的一天要干什么呢？

不知道从哪天起，她开始不喜欢看电视。她觉得电视开着像是和许多人共处一室，一点隐私都没有，那些人那些事儿，会让她心烦意乱。她会随意翻看一本书，但只能看三四页。现在的书往往字号太小，她不允许眼睛太吃力。她闭上眼睛呼唤小度："小度小度，放一首《蓝色天际》音乐。"小度说："好的主人，现在为您播放班得瑞的《蓝色天际》。"音乐响起，她有片刻的松弛，像踩着沙滩慢慢沉浸到海水里，边听边在屋子里走来走去。音乐声慢慢淡下去，她像从潮水里抽离出来，焦虑开始袭扰她。

她的一天很难熬！

她的一年很难熬！

她今年才五十二岁,做了一辈子小公务员。两年前她以心脏早搏的理由申请病退,获准。她不知道自己还能活多少年。如果是秋天,如果是阴天下雨的日子,她愈加发愁,余生该如何度过?她恨不得吃一种药,睡上一觉,十年二十年就过去了——但未必死,未必是自杀。即使她对再也醒不过来也毫无畏惧——她真的试过两次。第一次一次吃了十片艾司唑仑片,除了有点困意,其他基本没什么反应。她给自己加了十粒,一次二十粒,虽然睡过去了,但不到两个小时就醒了过来,再也没有一点困意。后来她看手机新闻里说,一个想自杀的人,吃了一百片舒乐安定,睡了两觉,起来没有任何事。事后还特意给药厂写了感谢信。后来她想,一个人要真的想睡过去,至少得吃一千粒。那一段她像得了强迫症似的四处求人,真的弄到了十瓶。她看宝似的看着那些贴着蓝色商标的小白瓶子,不知道自己究竟要干什么。

我只想睡过去,可并不想自杀啊!

她是独生女,父母都是解放战争时期的干部。母亲快四十才生了她,父亲比母亲更老。等到她也四十多岁的时候,父母已经先后不在了。他们都是年龄大了,无疾而终。

慢慢地,她成了个孤儿。尽管她受过完备的大学教育,喜欢读文史哲书籍,这丝毫不影响她成为一个孤儿——虽然从法律上讲她已经超龄,但她执意这么认为,而同时也觉得这个想法并不违法。

父母是老死的,虽然伤心了好一阵子,但是她接受。她只是常常心神不宁,不知从哪一天开始,她不能让自己闲下来,闲下来就会变得很沮丧,心情受潮似的湿答答的。每天早晨起床情绪就很低落。她穿着旧而宽大的袍子,站在二十五楼的窗前往地下张望。远远近近的道路上,车流涌动,争先恐后,像一群蚂蚁。这样的情景周而复始。她觉得生命毫无意义。

每天她至少要洗两次澡。晚上清洗干净自己,坐在干爽而舒适的床上,冥想一会儿。其实除了忧愁本身,她并没有什么值得忧愁的事情。活着也还好。既然活着还好,她又因此而恐惧:人会不会睡着了就再也不会醒来?毕竟,她还是有些事情在心里搁着。

她是这个城市的原住民。父母给她留下的,加上她自己的,共有四套房产,都是在最好的地段。这在一座特大城市里,每个月收到的租赁费就是个大数额。卡上每个月增长的数额令她不开心,多金于她而言也是个不小的压力。

病休前,她总觉得身体不适。查来查去,身体真的没什么器质性病变。来得多了,后来医生还是给她开了一种药,她看了说明书:主治抑郁症。治疗伴有或不伴有广场恐惧症的惊恐障碍。她有点生气，我好好的一个人，怎么会有抑郁症？医生好言相劝，说如果没有这种病，吃了并不会有什么副作用。她出于好奇，实在忍不住取出一粒药片，把它分成两半，然后再把其中的半片分成两半。医生让我吃一片，我吃四分之一片，也可能会有传说中飘飘欲仙的感觉？她吃了四分之一片，然后索性又吃了另外四分之一片。她看着剩下的半片在她眼里慢慢模糊，困意快速袭来。那天晚上她睡得很安稳，真的安稳。早上醒来她没再起来看楼下的"蚂蚁"，而是坐在床上哭了。我？患抑郁症了？

但她拒绝继续服用那种药物，她认定自己没病。

也就是三两年的工夫，她懒得再去逛商场；偶尔去一次也只是胡乱地看看，她什么都不买。那些很正式或者适合聚会时的正装、礼服，她完全没有兴趣。

她没有场合。

她吃得不多，口味淡到可以白灼青菜不放盐。她的食物链也仅仅满足活着的最低需要。

如果不是疫情管控，她每天都会在附近的紫荆山公园走走路。一位女大夫告诉她，你身体很好，瞧你苗条而匀称的身形，说明你的身体没有什么器质性问题，加强锻炼会更好呢。她喜欢听这话，也喜欢放大它。我就说嘛，我没什么病！她相信这个女大夫的话,强迫自己喜欢公园和太阳。太阳光里,她的心真的就明朗起来。太阳补足了她的钙,太阳会把她照射出一身微汗。她想着这种温暖和照耀,心里就有了一点快乐了。她张开手站在太阳光里,觉得自己就是一株禾苗,一棵占地不大的树。

疫情管控之前她家里来过一个男人,他们是在公园里认识的。男人不知道是怎么知道她的住址的,这让她很恼火。他捧着一盆开得正盛的九重葛,郑重得有点不合时宜地说道:"我自己培育的,已经长了三年零五十七天了。你看,牌子上写的有幼苗的日期。"然后又补充道,"它特别好养,很泼皮。"这是一株木本植物,树干有人的大拇指粗,巨大的树冠把那人的上半个身子和头脸都遮住了,他在树的缝隙里和她说话。那么老大的一个盆子,得有二十多斤吧?他一直抱在胸前,像抱着圣物。她终于不忍心地说:"你放地上吧!就搁在门口那儿。"

他说:"早晨收拾园子,看它开得正好,想着送来给你做个伴儿。红红绿绿的,养眼。"他拎挲着手,神情试图说服她,我该给你搬进屋子里找个地方安置好。

她看懂了他的心思,说:"不,就放门口边上。我说不准会花粉过敏。"

僵持了老大一会儿,气氛非常尴尬。她就那么堵在门口。

他抱着花,手上沾满了泥土,头上的热气把几缕头发都汗湿了。后来他坚持不住了,终于把花靠着门口的墙边放下。她看了看他,犹豫了一下说:"你别动,我拿水给你。"

她提出一大桶农夫山泉,她平时做饭用的水。另一只手拿了肥皂。她指了一个地方,就给他在步梯口冲手。水顺着楼梯缓缓地跨着台阶,弯弯曲曲地不知道流到几楼去了。她前后让他打了三次肥皂,嘴里不停地说着:"手心、手背、手指间……"一桶水终于洗完了,她说:"你别动。"

她反身回屋子里拿出一条半干的毛巾递给他,让他浑身上下都抽打一遍。一切似乎可以结束了。可他眼睛看着那盆娇艳的花,并没有要离开的意思。她几乎是被逼无奈地取来一双鞋套,给人开了半扇门。人是进来了,她却堵在玄关处,拿一桶消毒喷雾,把他上下喷了个遍。然后指着卫生间说:"你去洗手吧。"

那人宽厚地笑了,再去洗手间用肥皂仔细洗了手。等他出来,发现沙发上特意铺了一块干净的罩布。他知道那是他的特定位置,便轻手轻脚地走过去,乖乖地坐下了。她端了一杯白开水给他。他又笑了,说:"这杯子……不是一次性的,可以用吗?"

她说:"没关系,你用完我会消毒。"

那天那个男人在女人家里坐了十来分钟,喝了一杯水,几乎没怎么说话。他自己着急走是因为内急，女人的卫生间他是不敢奢望使用的。

过了几天，女人突然打电话给他。他们互留电话号码已经差不多半年了，一次都没用过。女人在电话里说："若是方便，可否再劳烦你一次，把花给我搬到客厅窗下的台子上。"

他记起，她家的客厅是落地窗，窗台很宽。设计师说不定就是留着给人养花用的。

二

女人姓万，单名一个水字。她父亲姓万，母亲姓水。她叫万水。小时候躺在妈妈的怀里撒娇："你和爸爸走过千山万水。我要是有个哥哥就好了，可以叫万山。"

不过是一句娇昵的话，可母亲的神色却立刻黯淡了。吓得她从此再不敢浑说。

万水每天上午都准点在公园散步。她练过芭蕾，学过游泳，对文学还多有喜爱，自认为年轻时还算个文青。即使现在她也气质出众。她头发剪得很短，身材偏瘦，脊背挺得倍儿直，走路像风一样快。很多初识她的人都忍不住会问："你当过兵吧？"她咧嘴笑了，笑起来模样还是很耐看的。她说："我爸妈都是军人出身,我也是在大院里长大。他们打小就对我军事化管理呢。"

"大院"这个词儿,有一股神秘的横劲儿,可于她而言,不过是外强中干。其实没人知道她要用多大的毅力才能在这里快速走动。她恐惧着,焦虑着,不能停下来,停下来仿佛会死。她不怕死,可又不想死。这让她很纠结。可这种纠结同样又让她觉得自己有问题:不怕死又不想死,不正是军人的特质吗?不怕死才能勇敢地上战场,不想死才能凯旋。你纠结什么呢?

她散步的时间点常常会遇见一个和她岁数差不多的男人。男人的衣着基本上算是体面的,中等偏上的个头,微胖。和她不一样,他总是悠闲地踱着步子,不是八字步,他走路的模样倒像是个学者。万水从他身边走过,目不斜视,从不看他一眼。有一天她发现男人的速度也快起来,在距她五步左右远的地方跟着,她走了三圈都没甩掉他。到了第四圈,她回头挑衅地看着他,目光凶狠地问道:"你想干什么?"她看看天上的太阳,差不多十点半钟。这个时间,是一天中最安全的时段。

男人冲她一笑,是那种善良温厚的笑。他说:"你调动了我的积极性。跟着你的步子走,人变得很起劲。"

她很久没看见这么纯粹温厚的笑容了。她还看到他干净的手和修剪整齐的指甲。嗯,还行。她在心里暗暗说。虽然这个还行不知道是指男人还是他的跟随,反正她居然默许了。打那天开始,他们就变成了两个人一起走。没人会关注他们,别人也许会想,不过是一对平常的夫妻。

大概一个多月后,她突然缺席了。男人算着,快半个月了呢。

她终于出现的时候,好像大病初愈般的虚弱让男人吓了一跳。她面孔显得虚白,走路的速度显然有些慢了。走了一会儿,她出汗了。她冲他不自然地笑了一下,寻了个向阳的椅子坐下来。男人又走了一圈才过来。两个人坐在同一张长椅上,中间隔了很远的距离。她主动说:"病了,急性阑尾炎。小手术,还是挺竭力的。"

这是他们第一次正常说话。男人说:"我就说是病了,否则你这样严谨的作风,不会无端缺席的。"看她不说话,然后又道,"人不服老不行。身边一定多留几个人的电话,否则遇着什么事求救都困难。"

他的语气带着诚恳的关心,一点虚头巴脑的东西都没有,仿佛这一阵子他是挂牵她的。万水心里有一点感动。她说:"你呢,怎么也总是一个人?"她是个不习惯打问别人问题的人,从不。问了有些后悔,脸上现出愧色。

男人反问道:"你呢?"

万水说:"我是个独身主义者。"她不知为什么隐瞒了之前的婚史。她曾经结过婚,勉强过了两年。头一年也还好,第二年他生病了,胃食道反流。这种病怎么说呢,说不严重也不算严重,不影响上班,也不影响社交;说严重也算严重,睡觉都得在身下垫一个三四十度的支架,半躺半坐着睡。每天晚上想抚慰他一下都得爬到他那斜坡上去。细心照顾他一年多,不但没有好转,反而更加严重。床前百日无孝子,夫妻也不行,何况她是一个超级洁癖者。这一年多下来,什么情啊爱啊性啊,磨得比纸片都薄。后来丈夫被姐姐邀请去美国治疗。他们也都想松口气,很快他就过去了。他适应那边的环境,医疗也很有成效,一来二去就移民了。丈夫也诚心邀请她一起过去。那时她的父母亲都还健在,她拒绝了。

再过一年,丈夫提出离婚,说这样长期分居对两个人都不公平。她反而松了一口气,像卸下了一副盔甲,感受到异乎寻常的自在。她买了一个四寸的小蛋糕,点上蜡烛,悄悄庆贺了一下。一别两宽,各自安好。从此她再不肯走进婚姻了,她喜欢一个人过日子,任何时候去看爸爸妈妈都不用顾忌其他人的感受了。爸爸妈妈一如既往,像疼惜一个小娃娃一样爱她。她在他们身边的幸福横无际涯,不需要揣测彼此的心思,不需要顾忌彼此情绪好坏。父母全心全意地陪伴着她,一直到他们一个个撒手。

她变成了一个纯粹的自我,越来越自由,也越来越自闭。上班的时候还好,每天能说上几句话,全是工作上的事情。后来退了休,便几乎与世隔绝了。她没有男朋友,女朋友都没有。

男人说:"独自习惯了,一个人挺好。自在。"男人又说:"我老伴走了。"他迟疑了一下还是说了出来,"是那种不好的病。两个儿子都在美国,念书念的年份长了,就入了籍。我去住过一段时间,原本是要长期住在儿子们身边的。可他们都忙得聊个天的工夫都没有,一个星期陪我吃顿饭就不错了。我每天一个人闲逛,逛着逛着就又逛回来了。还是国内舒服,亲戚朋友都在。"

"你会做饭吗?"

"我儿子给我请了个阿姨,一天做两顿饭。"

万水发现,她不太抵触这个男人。

两个人说了一阵子,到了饭点,就各自散了。等再见了,就觉得自在了许多。走路却依然是一前一后,几乎不说话。一个走累了,老地方坐下来。另一个也坐下来。一切都是自然而然。有一次,男人介绍自己说:"我是个搞林业的,大小也算个专家,刚退休。单位返聘,我儿子不让。可总这样闲着也不是个事儿，正琢摸着找块地自己种点啥。"

对于这么庞大的话题，万水没有准备，或许是没有如此大的精力讨论，便随口说道："我是个耗日子的人。"

男人说："我家的阿姨今天休息，中午我可以请你吃饭吗？"

万水怔了一下，随即羞红了脸，她说："我从不在外面吃饭，我——"

男人说："我明白了，你爱干净。"他没用洁癖这个词儿，觉得这样不尊重人。然后他掏出手机找出自己的二维码，站起来远远地伸向她："都认识这么久了，我们加个微信吧。"

她也立即拿出手机，朝他笑了一下。男人明白，她是想弥补她的歉意。

男人加了她的微信，说："你的名字叫万水，可真好听。你的朋友圈怎么什么都没有？"

万水说："你叫张佑安。你妈一定只你这么一个儿子，要诸神护佑你平安。"

张佑安笑道："如她所愿。"

"哎，你的朋友圈简直就是个植物园。"

那阵子万水的心情好了许多，手术后的身体也在慢慢恢复。本来嘛，阑尾炎微创就是个小手术。晚上她躺在床上，会翻一翻张佑安的朋友圈，了解一点花草的知识，木本植物和草本植物的养护方法等。但他们彼此没有联系过。

张佑安有好一阵子不上公园来了,也没和万水打个招呼。万水自然是不会问的。她在他的朋友圈上看到,他在黄河滩上租了几十亩地,还建了一座小木屋。有一张照片是他赤着脚在泥土里栽种什么。想必这就是他惦摸的一块地了。

那时候麦子刚刚收完。后来又下了一场千年不遇的暴雨,这个干旱的北方城市竟然淹死了不少人。地上都是大水袭击过后留下的创伤,她觉得遍地都是细菌。万水的心情突然又低落下来,她不再出去走路,一个人关在屋子里也要不停地洗手。再后来,疫情复起,城市静默,楼下的街道空空荡荡,她再也看不到成群结队的"蚂蚁"。不过,并不是因为这个,屋子外的一切和她似乎都没有关系,即使不静默她也不到任何地方去。她只在夜深人静的时候出去倒一次垃圾。她干任何事情都是静悄悄的,邻居们以为她来去无踪。她的家是一座空屋。

后来她连朋友圈也不看了。窗台上的那盆九重葛因为懒于浇水,竟然越开越盛,艳得让人心惊肉跳。那花团锦簇的热闹繁华,仿佛是她的一团幽梦,被悬置在一个肉眼可见的世界。

原来姹紫嫣红开遍,似这般,奈何天……她索性关了屋子里所有的灯,在灯火璀璨的夜色里,分不清什么是什么。

三

万水每天只等夜深人静,已经听不到一点声音的时候才悄然打开房门。她戴着一个黑白格的洗澡用的塑料浴帽,N95口罩,裙子外面套了紫色的雨衣,脚上也是绿色的半长筒胶鞋。垃圾袋套了三层,她唯恐在电梯里留下垃圾的味道。其实电梯里是充满异味的,尽管排风扇一直在吹。所以,倒垃圾对她是一种巨大的挑战。她不想被人发现,只是轻轻的一声门响,楼梯间的感应灯就亮了。她看见了一个奇迹,原来放那盆九重葛的地方,并排放着两个墨绿色的方形塑料盘子,一盘子是清水养的韭黄,另一盘是泥土养的芫荽。一黄一绿,在静夜的灯光照耀下煞是好看。黄色的像小鹅苗的毛,绿色的像海底史前植物。她看了再看,竟然一片残叶都没有,旺生生地鲜嫩着。

她丢完垃圾回来,那两盘东西仍然还在原地待着。她弯下腰又去看,第一次不嫌弃地嗅了嗅韭黄和芫荽的清香。恋恋不舍地关上了房门。她重新洗了手脚,躺到床上,准备关机睡觉时却发现有一条未看的微信消息。她吓了一跳,她的手机从来不曾接到过微信。她颤抖着打开,原来是张佑安两个小时之前发来的:"万水女士您好,这是我种植的两盘盆栽,没有使用化肥和农药。知道你忌讳外面的细菌，特意清洁后，委托小区的门卫师傅给你送至家门口。长期居家，叶绿素少不得，希望你尝尝我的劳动成果。如果你实在担心，就放在窗台上权且作为风景观赏吧。"

两个小时前？他怎么不敲门呢？估计是发了微信我没回，害怕打扰我。可是，我很少看手机呢！她想回复一下，可老半天不知道该说什么。后来下床拿了干净抹布，打开门去，仔细擦拭了已经很干净的塑料托盘。托盘很轻，也很精致，可见他的用心。她小心地把它们放在窗台上，收拾干净重新躺在床上。百度了一下，韭黄可以用剪刀剪下来食用，留下根部，每天换清水，仍然可以生长。至于芫荽，她知道的，小时候妈妈在院子里种过。只掐苗尖，不伤着根它就有重新生长的能力。她那天抱着手机就睡着了，嘴里一夜都含着芫荽的清香。第二天醒来，她发现昨晚没服用安定。难道这两种植物有助眠的作用？

她解冻了一条冰箱里为封控备着的黄河鲤鱼，去了鱼皮，只取两边鱼脊上的精肉。用刀背拍碎收在玻璃碗里，放一点生抽和料酒腌着。然后和了一团小麦精粉醒着。最后拿剪刀小心翼翼地剪了一把韭黄，摘了一撮芫荽叶子。

万水把鱼骨头放在清水里炖上，盘一棵小葱放进汤里，再放几片姜，两勺白胡椒。水滚开后改成小火，慢慢熬，像熬着自己的日子。

韭黄细细地切了，放入腌好的鱼肉里拌匀，淋一点小磨芝麻香油。面醒好了，拿出来揉了，揪成小面团，一个一个地擀成圆圆的饺子皮。包饺子要快，好把韭黄的清香锁进面皮里。氤氲的水汽里，妈妈笑吟吟地说着话儿：妞妞，擀皮要让小擀杖摇着面饼自己转圈，中间厚四圈薄，这样包的时候可以用力装一兜菜，馅大皮薄。那时，她也就是十二三岁的光景……她一瞬间真的看见了妈妈，幸福得眼泪都滚出来了。

一群白鹅似的饺子煮好了。先给妈四只，再给爸六只，爸吃得比妈多。她自己盛了总有十几只，一口气吃完才品出鲜味来。鱼汤已经熬得浓浓的，她捻一撮子芫荽放在空碗里，然后加入沸汤，一口一口地慢慢品。妈在叮嘱，妞妞，好好儿活着，如今日子多好啊，想都想不到的好啊！妈妈行军打仗那会儿啊，饿得地里的生土豆带着泥挖出来，来不及擦干净就往嘴里送。困急了几个人就拿绳子一个一个捆成一串，走着路就能睡一觉。妈这一辈子啊，啥安眠药都没吃过。饿了张口就吃；困了倒头就睡。那时候，爸常常批评妈，好好个孩子，怎么就给惯成个豌豆公主了？

她吃饱喝足了，太阳正好照进屋子里，她就在西窗下的餐桌上盹住了。妈和爸好久没唠叨过她了。

她被秋后的太阳晒得暖暖的,有一种死而复生般的庆幸。

本来想给张佑安复个微信,后来想想,还是给他打了电话。她在电话里说,韭黄馅的饺子太鲜了,好久没这样吃,撑着了呢!那声音她自己都有点吃惊,竟有点撒娇的意味。可不,中午盹着那会儿,跟着妈妈包饺子,也就是撒娇的年纪嘛!她到这会儿还没从那梦里回过神来。

张佑安说:"终于敢和我聊天了,不怕电话里传过去病菌吗?"

万水在这边也笑了:"我待会儿打完了,会用酒精棉片给手机消毒呢。"

又一天,到了晚上七八点钟,万水又想着打个电话过去。正迟疑着,张佑安却打了过来。她内心禁不住一阵欢喜。接了电话唠唠叨叨说了许多废话,看了什么书,吃了什么饭;九重葛生命力可真顽强,试验了一回,一个礼拜没给喝水,人家越发开得烈火红颜。絮叨完了自己,然后终于问道:"你呢,你一天都干些什么呢?"

张佑安说:"我在黄河滩上培育苗木呢!连口罩都不用戴,一面坡下就我一个人。"

"一个人好!"她向往地说。

张佑安说:"我种了三十棵本地老玉米,快长熟了,到时候新鲜玉米可以烤了吃。不过,你在家里可烤不了。"

万水说:"怎么烤不了?我有电烤箱啊。"

"用烤箱烤?"张佑安想了一下,"对对对,用烤箱是一样的。"

"我明白了,还是炭火烤的好吃。"万水脆生生地笑道,"我倒像是争吃一样,好馋的嘴。"

后来就分不出谁给谁打了。她似乎也不在意这个了。开始聊半个小时,慢慢变成一个小时,后来时间刻度就消失了,有时竟然聊到深夜。前三皇,后五帝;山之南,海之北。反正,一个小小的话头,就会放大成一个话题。

四

张佑安的老家是农村的。他爹要强,也是个能人。烧砖烤瓦、养兔子编筐,反正是个闲不住的。他家住在黄河边,蒲草苇子铺天盖地地疯长,人家晒太阳唠嗑的工夫,他就能织一张蒲席,趁天黑偷偷拿到集市上换两块钱。张佑安上面是三个姐姐,他爹让四个孩子都上学。张佑安念高中那会儿,恢复了高考制度,他的三个姐姐先后考上了学。后来改革开放了,他爹承包了村里的砖窑。他爹不让他管家里事儿，摁住他的头一心只读圣贤书。果不其然，张佑安考成了县里的状元，上了北京林业大学。

有一拉溜儿四个大学生——那年头考上个中专也叫大学生，其实他三个姐姐都是中专生——撑着，他爹的胆子更壮了。一口窑变成六口窑，后来摇身一变又成了砖瓦厂。土地承包后，各家的地各家种，粮食亩产一下子翻了几倍。村后的张存有家种了苹果，一年收成抵三年粮食。大家都改种果树，因为离城市近，很快都赚了钱。张存有家盖了四间瓦房，用的都是他家的材料。村后的张大嘴经常往城里跑，房子晚盖了两年，从城里拉回了预制板，盖成了平房。张佑安他爹背着手转悠了两圈，给自己的砖瓦厂增加了预制板业务，他家头一个住上了三层小楼。村里家家都学样，砖和预制板生产多少都不够卖。一时之间，张老板成了遐迩闻名的人物。

有人通过张佑安的姐姐给他介绍了一个对象。是乡干部家的闺女，在县里念中专。他姐说长得好看，又是她们单位一个小领导亲自介绍的，也算知根知底。找个干部家的闺女，还有自家闺女政审，他爹当然喜欢得不行，假期便让俩人见了面。银盆样的一张大白脸，喜眉笑眼。有那么厚实的家庭背景和超强的女性特征，从未谈过恋爱的张佑安哪还有还手之力？一下子便被弄晕了,好似任她宰割的羔羊。见了没两次,女孩就主动跟他亲嘴。她比他懂得还多,拉了他的手从衣服领子塞到两个大奶子上。后来也是她先脱了衣裳。事情一下子就完了,他惭愧得不行,有些不知所措。姑娘安慰说,不碍事,慢慢就好了。

俩人行的好事儿,都被张佑安他娘在窗子外头偷听到了。这也是他们那里的风俗。待他们出了门,她娘就挤进屋子里看。床上脏污了一片,却没见红,登时就愣了。当即就去找媒人。媒人说,生米已经做成熟饭不啥都晚了,你儿子一个大学生,把人家动了,咋还敢说反悔?他娘一路哭着回来,把儿子拉到自己房里斥责了半天。张佑安完全不懂这些事情,改天再去审那姑娘。姑娘说是之前定过亲的,谈了三年,后来她考上学了,那对象没考上就散了。再问,说是在学校还谈过一个,谈了两年,那个人考研考走了,就和她分了。她话说得云淡风轻,他却听得电闪雷鸣,死的心都有。事已至此,别无良策,便咬牙切齿地追问致命问题:都跟人家上过床吗?他闭着眼睛,只想听到否定的回答。哪怕是假话,也好让他遮遮脸。可人家愣是承认了,理由还很充分。那时候太小,不懂事。不过原本也是想着一起过日子的。张佑安读了那么多书,思政课还是优秀,知道这事儿是豆腐掉到灰堆里,吹不得也打不得,心里别扭得像吃了半只苍蝇。

人家姑娘偏就大大方方地住在他家不走了。白天他还气着恼着，晚上看见她白花花的身子，恨着却忍不住发了狠劲用力。他心里五味杂陈，可这事儿只能砸在自己手里，爹不知晓，娘不敢说，一张又瘦又小的窄脸越发枯黄。好不容易熬到假期过完该回学校去了，这姑娘却说怀上了，让他问他爹怎么办。他这才如梦初醒，知道行敦伦之事还会有后果。但踟蹰再三，还是不肯告诉爹。人家姑娘不管不顾，把这事儿大剌剌地跟他爹说了。只把他爹欢喜得不要不要的，说舍得六门窑不要，也得保住孙子。儿子还差一年毕业，就先上车后买票，那张纸等毕了业再说。办酒席的时候，张佑安托词学校通知紧急返校，便连夜溜之大吉了。他爹安排吹吹打打，待了十几桌客。媳妇自知理亏，压着不让娘家找碴儿。事儿办得倒也圆满。

张佑安大学还未毕业，大儿子就出生了。他爹看着大胖孙子高兴得合不拢嘴，让他姐姐立马给他写信报告这个天大的好消息。张佑安拆开信看了，恨不得一头栽倒在地死了。但事已至此，当了爹的他，毕业志愿只好填上自己的老家，毕业分到县林业局。媳妇在乡医院当护士，他一两个月都不回来一次。媳妇催着领证，他说孩子都出来了，领不领证有啥意义？凑合过行了。

张佑安总不回来，不是个办法。她娘就出招，给闺女找了个偏方，让她去城里找他。他刚到一个新单位，媳妇来了也不敢声张，媳妇倒也贤惠人，买个炒锅，在屋子里弄个小电炉，又是菜又是酒地伺候着。两个人挤在单人宿舍的一张小床上，一来二去就又怀上了。那时候计划生育正严格，媳妇东躲西藏，到七个半月上就打了催产素生了一个男娃，孩子放在媳妇姐家养着。张佑安只能认了，把柄攥在人家手里，计划生育超生，她一告一个准儿。后来是他自己托关系把她调进城里，单位给了两间公房，算是团聚了。可是两夫妻脾气不对付，吵吵闹闹地没有消停过。那媳妇有两个大胖小子垫着，感觉自己翻了身，吵起架来从来不让他。张佑安被逼无奈，复习一年又考回学校读硕士去了，硕士读完又接着读博，假期都不回来。学校都不知道他是结了婚的，介绍对象的还真不少，他都一一回绝了。有一个女同学是真的喜欢他，他也喜欢她，不明不白地和人家暧昧了两年。那女同学认了真，死活要跟他结婚。他眼看躲不过去，才说了家中的事。女生哭着说她不在乎。他也想说不在乎。可儿子都那么大了，你不在乎？爹在乎，娘在乎，全村子几千口子人在乎！女生一把鼻涕一把泪哭了几次，到底没把长城哭倒，一气之下赌气嫁给了别人。

他博士毕业选择回到省林业研究所。媳妇一直在县上，想吵也够不着。两个儿子在父母的吵闹声里长大，学习倒是争气。老大大学毕业后考到美国留学，后来指点着弟弟也走了同样的路。五年前，媳妇患卵巢癌，一直瞒着丈夫。其实是她自己放任，错过了最佳治疗时期，以至于不治。

讲完自己的故事，张佑安说："我的半辈子就是这样过来的。仔细想想我也挺对不住她的，一是自己年轻时不懂事，不该那么冲动。二是之前的事，我也过于计较，儿子都那么大了。"

万水说："是啊，你的确不应该。过去的事，毕竟是你孩子的母亲。"

张佑安长长地叹了口气，然后伤感地说："她拖了两年，我尽心尽力地伺候了两年。她眼看自己快不行了，哭着对我说，自己年轻时不懂事，有今天这个结果，都是因为自己作孽太多。我堵住她的嘴，说自己更不懂事，等她病好了就好好跟她过日子。后来她还是走了，临了拉住我的手说，你伺候我两年，我这辈子就满足了！"

这话让万水在电话这边哭得抽抽噎噎，不知道哭的是他的妻子还是他。

"你想过再找个伴吗？"这话搁过去，打死她也不会问的。

"想过，想尝尝爱情的滋味。但都这岁数了，哪里偏就有合适的?"

她的声音突然冷静下来:"也是,婚姻其实挺怕人的,过得不好,还不如一个人来得轻松。"

他问她:"那你呢?"

她说:"我其实结过婚。我那点事儿,淡得跟白开水一样。父亲战友的孩子,到了结婚年龄,双方父母一指派,就结了。我们俩很友好,像亲兄妹一样。可是亲兄妹也吵架,我们俩比亲兄妹还好,架都没吵过。后来他移民了,我不愿意去,就离了。反正就这些,说是结过婚,其实跟没结过婚一样。过了两年,分开时才明白自己是结了婚的。"

"那后来怎么就一直没找呢?"

"我恐婚,对所有男人都抵触。我和前夫分开时,觉得一下子就放松了。我们俩在一起时,我每天呼吸都是紧张的。医生说,这是我结婚两年一直没怀孕的原因。现在想想男女那些事,我还是会紧张。我觉得跟谁过都过不好。我生不了孩子,何苦祸害人家。"

五

万振山念的是洋学,十几岁就独自去了开封,在学校加入的共产党。大学还没念完，组织就派他回老家信阳搞豫南地区的农民运动。按现在的说法，当年他家就是大别山东部地区的首富。现在红色革命教育基地的第一个农运支部旧址就是他家的宅院。他爹花了几百块现大洋供他读书，读成一个逆子。他回来领导农会分了自家的田，他爹一口鲜血喷了三尺远，当场气绝身亡。他一边料理父亲的丧事，一边对族人说，这就是封建地主冥顽不化的下场。其实背着人他也偷偷给爹磕了几个响头，恸哭了一场。他爹是地主，但不是恶霸；是个秀才，但不是劣绅。他爹读圣贤书，不娶小老婆，所以就他这么一个儿子。他心里责怪爹，咋就那么想不开呢？田地分给乡民，大家都有活干，有饭吃多好？你这一口气上不来死了，再多的家产不是一分带不走吗？

农民运动开展得轰轰烈烈，国民党也从未停止反扑。他们在强大的火力逼迫下，暂时躲进深山。山上缺粮，他派人给家里带信，让送粮食上山。他娘哭得伤心欲绝，他这个"共匪"家院早已被国民党洗劫毁坏一空。他娘怕儿子饿死，让怀着三个月身孕的儿媳妇出去要饭，要两天攒一筐干粮，亲自背着给丈夫送去。万振山接着媳妇送来的吃食，得知娘一个人在家，藏在夹墙里，不放心，派了个战士送媳妇连夜下山。媳妇怀着身孕，为了给丈夫省一口，两天没吃一口东西，下山的时候腿一软就倒地了，一尸两命。小战士哭着把人背回山上，万振山用自己仅有的旧被褥把媳妇裹了，埋在山上。他趁一个月黑风高夜潜回家中，发觉已经回来晚了。他娘信佛，进夹墙时只带了一壶水，坚持了五天，坐化在夹墙里了。此时的万振山犹如万箭穿心，他亲手把父亲的棺椁打开，把母亲和父亲葬在一起，对国民党反动派的仇恨无以复加。他从此了无牵挂，一心打老蒋。1934年，红二十五军政委吴焕先在大别山的何家冲村宣读了《长征出发宣言》。万振山就此北上，那时他才刚刚二十岁。

从此，万振山戎马倥偬南征北战。后来在淮海战役中受伤，在战地医院结识了女护士水纹。水纹比他小十几岁，是个清秀的南方女子。两个人聊起来，都是血泪。水纹的大哥参加过北伐战争，后加入共产党。小哥黄埔军校毕业后曾经随国民党新一军入缅作战，职务高居副座。解放前夕逃往台湾。她父亲是昆明城的爱国绅士，把全部家产都捐给了共产党。一家人却遭到了国民党的血洗，她的父亲母亲，还有怀着身孕的姨娘，无一幸免。水纹当时在教会学校念书，躲过一劫。他哥哥连夜派人把她接到队伍上，她是在马背上长大成人的。

万振山出院后，向组织打报告申请结婚。婚后俩人随部队一路征战，聚少离多，但还是生下两个男婴。当时部队不允许带着娃娃行军，孩子都交给当地的老乡抚养。解放后两夫妻通过组织寻找，水纹还亲自沿着当年战斗过的路线去寻过，未果。水纹快四十岁才生下女儿万水，当时丈夫万振山已经年过半百。

万水说："解放后，我父母亲一直留在部队。我也是在部队大院出生的。可是因为我小舅舅是国民党的高级将领，后又逃到台湾，他们俩一直因家庭历史问题未受重用。后来我父亲认命，他老了，跑不动了，主动要求回到家乡工作。父亲回到地方上，当过连片地区半个省的副书记。后来咱们与台湾关系修好，我母亲因为与台湾的特殊关系，当上了省政协副主席。"

张佑安说："万水，真看不出，你还是个高干子弟。"

"高干子弟？"万水笑笑，不置可否。

"你看我像什么子弟？"张佑安逗她。

"你嘛，"万水煞有介事地说道，"往大里说，像是农民企业家的子弟；往小里说，像是砖厂老板的儿子。"

张佑安笑得喷饭。

万水也开心地笑了，她说："我们这样聊着，让我忘掉了时间。这封控的日子我简直数着秒熬日子，有个人聊天真好，我给你行个军礼，感谢老张同志！"

张佑安说："该谢你才对。埋在我心底半辈子的秘密都吐给你了。也算是自我救赎吧！"

万水说:"老张,你想过自杀吗?"

"没有。从来没有。"张佑安郑重起来,"为什么要自杀呢?只要活着,总有一天能把心底的秘密与人分享。之前不说,只是没遇到过合适的人。要是什么不说就死了,那不等于我白活了一生?"

万水说:"我倒是想过许多遍,但就是没有自杀的理由。如果有,那唯一的理由就是活着没意思。我父母亲都活到八九十岁,一天天地为活着而活着。他们只有我一个女儿,我又没给他们生下个后代。你说,他们的内心该如何孤独?"

张佑安说:"那是你替他们孤独,你怎么知道他们内心想些什么?他们身经百战、枪林弹雨都过来了。生死置之度外后的活着,那心胸和境界不是我们普通人所能够理解的,否则怎么能活那么大岁数?现在的人太脆弱了,都是享福享多了。"

"你这是在批评我矫情。"她嗔道,"你整天这么乐呵,是真的快乐吗?"

"快乐有多解,我忙碌,怎么样都是一天。"张佑安的情绪突然高涨起来,"我忙得很呢!伺候土地,兹事体大。我租了六十亩河滩地圃育苗木,一个人,干一天活,吃点土里长出来的新鲜东西,倒头就睡,那才是天人合一!哪还有心思想什么死不死的!"

"哎,说说你的小木屋呗,那里都有什么?"

"有一间厨房,是我用来做饭的地方。有一间客厅,其实是我吃饭喝茶的地方,我还真没接待过客人。还有一间卧室,卧室里有个卫生间,是我如厕洗澡的地方。虽然我委身土地,可是一天必须洗两次澡。我在泥地里干一天活,不洗澡可不行,我也努力做个爱干净的人。"

万水说:"不许嘲笑我!"

"我的卧室里有一张大床。人老了,劳累一天,喜欢睡得舒展一点。我躺下,就像一个大字。万籁俱寂,我觉得全世界都是我的。"

万水心里想,要是每天白天晒晒太阳,晚上躺下就能睡着,她的世界可能也会好一点。她说:"这日子,真让人羡慕嫉妒恨呢!你像个古代的隐士一样,过着陶渊明的日子,你是自己的王。"

张佑安说:"每个人都是自己的王,看你怎样选择统治自己了。"

万水笑道:"哲学家!你和第欧根尼只差一个木桶了。"

"黄河滩里遍地都是黄土,你可有勇气来参观一下?"

"当然可以!我有帽子口罩,有雨衣,有胶鞋。我不是每天都去公园走路吗?"

六

封控的日子全城静默，大街上寂静无声，只有一城的灯光在闪烁。万水也不想再让自己的日子那么清冷孤寂，她打开所有的灯，一个房间一个房间察看自己所拥有的，一时之间竟觉得它们都是那么中用和可爱。然后，她关了灯，坐在洁净、干爽、温软的床上，开着床帘，看外面的七彩流光。如果世界末日就是这样多好，她的床就是方舟。她被光托着飘着，飘到哪里是哪里，她不管不顾了。

上帝给她打开了另外一扇窗，她的世界再也不是封闭的了。关了灯，他每天和一个人悄悄说话。他在说："我和那个女同学说了家里娶妻的事情，她说她不在乎。她长得不十分漂亮，可是她眼睛是亮的。有学养有教养的女人，眼睛里都有神采，她们能把握自己的命运，因此活得自信。我们俩在一个小西餐厅里坐着，外面下着大雪，玻璃窗里看着，灯光里的雪花和枯枝上的树挂像是油画。开始喝的是咖啡，后来换了茶，再后来换了一瓶红酒。女同学点的，为了不让她喝多，我自己却喝多了。女同学把我领到她的宿舍，她脱了衣服钻到被子里。我坐在小沙发上。我很困，我喝了红酒容易犯困。后来她光着脚下来,把我拉到床上去了。我穿着外套和她并排躺着,开始是装睡,后来就真的睡着了,一直睡到天亮。或许离天亮还有一小会儿,我起来悄悄地走了。我知道她醒着,可她没说话。"

"哎哟,穿着衣服?满是病菌的衣服躺进别人的被窝,天呀,她怎么肯?"

"我太困了。"

"那,你一定也是爱着人家的,对吧?"

"不能说是爱吧,是有好感。"

"我喜欢简单明快的女人。"他补充道。

"也许你自己不知道,也许你是被自己的妻子孩子所羁绊。我觉得你一定是爱她的,否则,你不会跟她回宿舍。"

"我喝醉了。"

"还不敢承认。一定爱过!"

"真没想过。好吧,你说有就有。"他想很快结束这个话题,"你不高兴了?"

她突然羞愧起来,着急辩解。"我哪有不高兴?你胡说八道什么,我怎么会为不相干的人和事不高兴?"她嗔怪道。

"看看,我就知道你不高兴了!好吧,既然不相干,往后就不说了。噢,对了,我种的麻叶棠开花了。花是一串一串的大红,叶子阔大,叶子上的麻点都是漂亮的。哪一天我送一盆给你好不好?"

"我喜欢玻璃海棠,肥厚的叶子跟翡翠一样,花是正红。它是最干净的植物。我还喜欢栀子和茉莉,它们的漂亮就是干干净净的那种。"

"那这两天我想办法送一盆给你。不过,我悄悄放你门口,在你那儿洗手消毒太麻烦了。"

她恼起来:"哼,你想说什么。与你那衣服不脱就可以让进被窝的女同学比起来,我确实有毛病对吧。"她竟然真有点生气起来。

"你这人,我们不是聊海棠花吗?"

"海棠花我也不要了,我又不请你喝酒,喝酒的人,醉了醒了,她们才关心海棠花,关心绿肥红瘦啥的。"

"你这人,我不说你非让我说,亏你还是学哲学的,当你能正视自己历史的时候,你就差不多忘掉它了。"

"可是,我不能正视。因为我没读过博士,我只是一个学过几年哲学的女人,又枯燥又乏味。眼睛里面又没光。"

"我都放下三十一年了,你只是听听就放不下了。"

"还说不上心,连三十一年都记得这么清楚?"

"我投降,你可别生气。你想听点什么咱们就说什么。"

"你这是在责怪我吗?哎呀呀,我真的是多事了,对不起对不起，此处应该有道歉。"她脸红了，突然清醒自己在无意识间又犯了个大错误。

"我是个好人。"他在电话那端憨厚地嘿嘿笑道，"只是证明自己是好人不容易。"

那天晚上挂了电话，她真的有些惭愧，自己是不是强迫症又犯了，人家的事情和自己有什么关系？她后悔不迭，心里躁得慌。忙不迭起来关了所有的灯，吃了一片安定，等到十二点还没睡意。后来觉得不睡一会儿明天会撑不住，又起来吃了一片，开着喜马拉雅听《道德经》，不知道什么时候睡着的。梦里梦外的一时清醒一时糊涂，手机里的声音响了一夜，她也懒得关。

第二天她觉得自己清醒了很多，对昨晚的表现愈发羞愧。我这是怎么了？要干吗啊？把好好的聊天给搅黄了。尽管如此，她也没好意思叨扰人家。到了晚上八九点钟，张佑安却打过来了。她接了，心里竟是欢喜的。

到底有昨晚小小的不快在那儿垫着，俩人开始说话都小心翼翼，像避着地雷似的。她少说多听。他也是净找那些远离现实的话题说给她，讲了一晚上的花木知识。"我育了一亩合欢苗，落叶乔木，喜欢温暖湿润和阳光充足的环境。叶子细细碎碎的，花丝一团一团的粉红，是最适合栽种在行人道路上的观赏植物。"

她听着,一下子回到了五六岁的光景。他们家院子里有一排巨大的合欢树,树龄得有四五十岁吧,树冠郁郁葱葱,满院子都披着浓荫,显得阴郁而神秘。粉红的花朵不管不顾地盛开,从春天一直开到夏天。她和妈妈展一张竹凉席,她躺着,妈妈坐着。妈妈得摇着蒲扇替她打蚊子呢。

她说:"绒花树。"

妈妈说:"那叫合欢。"

她说:"不,就是绒花树!"

树上的绒花指不定什么时间啪地掉下来一朵,用手拈了,凉凉的绒绒的,不香,却有股子清甜。她顽皮,捡一朵放在额头上,再捡一朵放在鼻子上。后来她睡着了,被妈妈抱进屋子里去了。

早晨醒来,她一骨碌爬起来去看。哇,席子变成一幅画了。再看地上,到处都是花团儿。工人要过来扫院子,她拦住不让。爸爸笑哈哈地说:"留着,让她玩吧!"到了中午放学回来,发现花全蔫了。她站在树下伤心了半天。那时她很奇怪,那树怎么那么大的力气,每天落每天开,好像无穷无尽。

听着想着,她的眼睛湿润了。她说:"你弄个梅园呗,腊月里开。我妈妈喜欢蜡梅,她总是说:'蜡梅不是梅,一花香十里。'"她没有告诉他,她生在腊月。保姆说:"这孩子生下来身上带香,冷香。"妈妈说:"一定是墙角边的梅花开了。"

张佑安说:"我就说给你弄几盆梅,还怕你嫌它清冷。"

七

张佑安没有等到梅花开,他大儿子要在圣诞节举行婚礼,邀他去美国。他走得很匆忙,晚间好不容易抢到一张机票,第二天早上就出发去上海转机。他只好在电话上给万水告别。

张佑安出境的时候还顺利,但回来却很麻烦。很难弄到一张机票不说,即使能够回来,也要经过多重隔离。儿子劝他道:"爸,你反正在哪儿都是一个人,就在美国过年吧!你烧一手好菜,也让中国文化在这里发扬光大。"他想想也是,儿子这理由他还真不好拒绝,就让他的学生雇了两个人,帮他把苗圃照顾好。

他住在美国东部,时间刚好和这里错十二个小时。再加之休息时间的错位,两个人倒是不常打电话,只是不定期地发发邮件,或者在微信上留言。张佑安有时会发一些他用手机拍的图片。万水醒来打开电脑,屏幕上全是风景。你还别说,摄影技术一流。她常常这样夸他。他说,不是我照相水平高,而是这里风景太好了，随手一拍就是屏保。有时候她会连续几天收不到消息，原来是他到拉斯维加斯去看红石峡了。后期发来的图片上，他看上去精神抖擞，大红的羽绒服，蓝色的风雪帽，像个小伙子一样提劲。

万水的生活又恢复了过去的样子。有天她不知道想起了什么，又站在二十五楼的窗前往下张望。她又看到了过去的景象，远远近近的道路上车流涌动，像一群蚂蚁。解封了，大街上又开始车水马龙。好像疫情没有发生，好像没有下过一场大雨。消失的人永远消失了，也不知是谁和谁，反正她所熟悉的人都好好地活着。万水不再去紫荆山公园，她听说那个园子的一堵墙塌下来，砸死了一个避雨的人。也有人反驳道，哪有啊，墙都好好待着呢。她其实是自己不想去了，一个人挺没意思。她连走路也不想继续了，偶尔穿着厚厚的旧长羽绒服出门，戴了帽子口罩，围了围巾。帽子和围巾也是旧的，尽管洗得很干净，但还是灰扑扑的，旧得不合时宜。她走在大路上，看那些年轻女人穿着裙子和长靴子，中间露着一截子光腿，外面白色的羽绒服在阳光里十分耀眼。女孩子们的绒线帽也是时尚的，她们戴给欣赏她们的人看。没人欣赏万水，她戴给谁看？她因此懒得买新衣服。

有一天，张佑安发了他在费城的照片。有一张是他和一个很洋派的中年女人，微胖的，圆脸圆眼睛，满脸的喜庆。她没问是谁。张佑安主动解释道："我工作时的同事，中间移民了。她和我大儿子相识，是儿子帮我约的。"

万水没头没脑地说了一句："祝福你们！"

张佑安说："这祝福个什么，只是同事。约了出来一起旅行，她刚好也没来过费城。"

万水说："这才更值得祝福。"

张佑安也没再解释。这让万水心里多少有点失落。她想，也许他想的是，随她怎么想去！他与万水，也并没有需要解释的理由。

一天三餐，万水很认真地吃饭，保证足够的营养。她想让自己胖一点，可却越来越瘦。后来张佑安让她发一张照片，她犹豫了很久，才站在九重葛前自拍了一张，还有点逆光。张佑安看后说道："万水，你是属合欢科的，你适合阳光充足的环境。你还出去走路吧！"

万水不知道自己哪来的一股子劲儿，第二天竟然买了一张机票飞三亚去了。这是她第一次独自出来旅行。那时候父母在，他们一起去过北京，去过杭州，也去过四川和东北。后来和前夫一起还去过一趟云南。说不上有多喜欢，至少宾馆的卫生问题就让她头疼不已。她更愿意待在自己家里。

万水住进了亚特兰蒂斯大酒店。她舍得花钱，只是没处花去。她不知道腊月的三亚竟如夏天一般，带的衣服还是厚了。反正也没带几件，满箱子塞的都是床单毛巾，拖鞋牙刷，便携式烧水壶什么的。她基本不用宾馆的东西，嫌脏。她在酒店大堂买了两身素色的单衣，穿上倒是出人意料的放松。她去吃自助餐，有白粥和海鲜粥，有白灼虾和芥蓝菜心，竟然吃得很好。她本来想要波塞冬海底套房，可一问两个月前都被定空了。只好挑了一套最好的海景房。折腾一天累了，窗户都没关，便在海风里沉沉地睡去。

第二天她只是在附近的沙滩上走一走，然后躺在伞下的椅子上吹吹海风。第三天她买了裙式的游泳衣，竟然下到水里漂了好长一段时间。小时候她在少年宫受过专业游泳训练，只是后来再没派上过用场。她虽然瘦了点，但是属于那种小骨架，身体哪儿都饱鼓鼓的，穿上游泳衣倒是年轻了不少。她的肌肤太需要滋润了，她白，泡一泡竟然泛着瓷白的光亮。

她一直以为旅行是可怕的，一个人的旅行更可怕。现在她觉得很好。

她不再想胖和瘦的问题，几乎是忘记了。这里没有一个人是她认识的，怎么自在怎么来。没人注意她，她也不注意别人。她松弛下来，竟是胖了几斤。

有一次,她游泳游累了,就铺了浴巾在伞下迷糊一会儿。睁开眼,她发现另外一张椅子上躺着一个四十多岁的男子,那男子正看向她。她以为自己会尖叫,但是却发现内心没有一点儿慌张。男子冲她点点头,她也冲他点了点头。后来游泳又碰到过一次,竟然互相还打了招呼。再后来,在餐厅吃饭遇着了,男子自然地坐在她边上,她也没有拒绝。她已经能自在地在人群中生活,这令她满意。此后的几天,她与这个男子又碰到过几次。她不反感,这是一个温文尔雅的男人。她记得他们也说过几句话。有次他对她说:"你长期在三亚休息,倒不如去租一间公寓酒店,会节省很多费用。"她只是笑了一下,那笑容里有不置可否,也有感谢他关心的成分。还有一次他说:"你喜欢这里,为什么不买一个小套房呢?现在高端楼盘很多。"她仍然是笑笑,不置可否。因为从内心里,她不知道该怎么回答。思考这样的问题太累了。他就又说道:"你是一个很特别的女人。你看上去很朴素,但你的朴素是尊贵的。你很谦和,你的谦和却让人难以接近。"她的脸色立马就变了,她不喜欢人家这样评价她,即使恭维也不行。不过后来她想,这也许不是恭维,甚至连评价都算不上吧?人家说的没错,无非是客观描述了她。于是她又笑了,觉得因为互相理解而近了一些。她明显地感觉到,这个人在有意靠近她。也很有可能完全不是那么回事儿，是她自己过于警惕。但无论如何，对于她这种习惯身心都包裹得严严实实的女人，不可能发生邂逅的故事。

万水在三亚一直待到过完春节。她竟然想，就这样待下去好了，她不想再回她北方的家了。家很舒适，但她只是一个舒适的孤儿。

在她长大的城市，她是一个孤儿！

八

到二十五岁上，万水还没有恋爱过。妈妈说："孩子，你得成个家，我和你爸也没有别的亲人。可我们俩结婚生了你，我们仨就有了一个家。"妈妈再说："爸爸妈妈都老了，我们迟早有一天会走的。我们想看到你的孩子，你的家。"

万水二十五岁时被爸爸嫁掉了。二十五岁，是一个不大不小的年龄，刚刚合适结婚。丈夫和她一样，也是个大院子弟，所以他们的生活习惯很容易适应。他们俩原来就认识，只是从来没有来往过。他们谁都没觉得这样有什么不对。尤其是对于万水而言，结婚的意义无非就是换一张床睡。丈夫不在或者有应酬，她还是回到妈妈这里休息。妈妈说："结了婚在一起生活，比谈恋爱更容易产生感情。"妈妈说的没错，她和爸爸就是如此。

结了婚之后她仍然不太爱讲话。丈夫是个活跃的人，他家有五个兄弟姊妹，姐姐和弟弟常常会到他们家里来，打牌，摸麻将，聊天，一起包饺子，他们把大家庭延展了过来。而万水没有这样的经历，怎么样都融不进去。她插不上嘴，也不会打牌，就躲到厨房里去帮阿姨做做饭，找一些活来干。几次三番，那姊弟几个就把她忘了似的，好像她是这个家里的客人。

万水和丈夫的夫妻生活也不是很和谐，她总是说疼。男女之间相交，应该是欢愉的。可是她总是疼，让他也出现了心理障碍。他把这事儿悄悄告诉了姐姐。姐姐是医生，医生对待病人的方式总是很直接。在他们眼里，没有人这个总体概念，只是一个个器官而已。他们再来家，姐姐在餐桌上像摆冷盘一样把这个问题摆了出来："水儿，你该去看看妇科大夫。你们这个年龄，夫妻生活应该是特别和谐的。"姐姐十三岁特招进部队，十六岁就在野战医院手术室备皮，什么没经见过？她说出来的话本来没什么，可万水听着却是硬邦邦的有点伤人。万水看了丈夫一眼，羞愧得无地自容。这种事情怎好给别人讲。而且，姐姐即使是知道了，不该私下里跟她说？哪能在大庭广众之下公开夫妻的性生活呢？

万水不肯再和丈夫行夫妻之事，她碰都不想再让他碰。他们本来是在一个被窝里睡的，但她给自己另弄了一条被子。丈夫人真的特别好，他不强迫她。两个人生活得很不错，只是回避着不谈那件事。慢慢地，他的兄弟姊妹们不再来他们的家里聚了，丈夫也常常不回来吃晚饭。他本来不喝酒，可最近常常会带回来酒味。他们的衣服是阿姨负责清洗，万水也不是个有心眼的人，可她偏巧在丈夫的白衬衣上看见了口红印子。万水从不吵闹，有事就憋在心里，她借口两个人睡在一起相互影响，直接搬到客房里去了。丈夫是个敞亮人，什么事都快言快语说出来。可对万水这样没有缺点的女人，他一点办法都没有。口红是趴他肩上看牌的妹妹给弄上去的，他希望万水能和他吵一架。但是万水连吵架都不肯。两家是世交，两亲家处得特别好，离婚也是没有理由的。那个年代，不会有人因为夫妻生活不和谐离婚。

万水的丈夫变得和万水一样不爱讲话，跟他的姊弟一起也不快乐了。他瘦得很厉害，吃不进东西，整夜睡不着。小两口到医院检查了身体，他好好的，没什么问题。可长期失眠也不是事儿。姐姐带着弟弟去看了精神科，医生说他患了严重的抑郁症。那时不叫抑郁症，只是说他精神方面出了问题。姐姐对万水说："怎么会呢，他这么快乐的一个人？"她并没有责备万水的意思，甚至还有点歉意。可万水听了，觉得责任完全在自己,因此心里更加惶惑了。

如果不是丈夫的身体出了问题,万水还没有"妻子"的意识。她那么爱干净的一个人,现在对一个病人一点都不嫌弃,努力尽一个妻子的责任。她每天把自己打理得很干净,把丈夫也打理得很干净。遵照医嘱,每天牵着他的手到公园里散步。他不说话,万水就刻意找些话题给他说。她给他讲刚从书里看到的故事,她正在看马尔克斯《霍乱时期的爱情》,每天看一章,然后再慢慢讲给他听。"弱者永远无法进入爱情的王国,因为那是一个严酷的、吝啬的国度。女人只会对意志坚强的男人俯首称臣,因为只有这样的男人才能带给她们安全感,以面对生活的挑战。"她想与丈夫一起,与书里的男女主人公共情。他听她讲故事的时候紧紧握着她的手,亲切地目视着自己的妻子。她娴静、温和,她讲述的时候是最美丽的。他越来越依赖她。他的面色红润起来,吃很多饭,重新长出来的头发茂密得像五月的青草地。但一个新的问题出现了,万水发现丈夫越来越喜欢把自己关在洗手间里。她待他出来进去查看,一股新鲜的精液味道,新婚第一夜她就闻到这种味道。万水脸红了,她把自己的被褥搬回他们的婚床上,头一回主动要求丈夫做那件事情。可是丈夫不行了,他们无论如何努力,他一次都不能正常勃起。他哭了,像个孩子一样,他说:"水儿,我对不起你。"

万水呆呆地看着他，不知道该如何安慰。但更想不到的是，他的精神压力太大，很快就发现了第二种病，反流性食管炎。

妈妈开始日日盼着万水赶紧生个孩子，后来却怕她生出孩子来了，女婿有那种精神疾病，会不会遗传？

丈夫后来被二姐接到了美国，他在那里恢复得很不错。他在美国和妻子之间首鼠两端。他舍不得美国，在这里他作为一个完整的男人满血复活。他也真心舍不得万水，他病了那么久，她都那么耐心陪伴他。他和姐姐都诚心说服她过去。万水拒绝了，她舍不得爸爸妈妈。

万水的丈夫在美国结识了一个热情似火的美国女孩，他们在一起一个月后，那个女孩就怀孕了。他告诉了万水。万水没有伤心，她为他感到高兴。接下来，离婚就是题中应有之义了，不管谁提出来都一样。万水直接在他寄来的申请书上签了字。离婚于她而言，是一种救赎，也是一种解脱。

妈妈再托人给万水介绍对象，她都一味拒绝，只说不合适。一直到死，妈妈都觉得放不下女儿，妈妈临去的时候，紧紧拉住女儿的手不舍地说："妞妞，妈妈走了你就成了一个孤儿。"她觉得妈妈说的对，不管她长多大，只要没有爸妈，她就是个孤儿。

妈妈心有不甘地闭上了眼睛。

除了爸爸妈妈，万水的心平和而宽厚。她不爱谁，也不恨谁。

九

万水关闭了微信，手机也调成飞行模式。只要她不找别人，没人会找她。至于张佑安，她不想让他知道她去三亚的事情。这是个人的私密，干吗要让别人知道？

在美国的张佑安，也正在一场别人设计的激流里漂流。他没有反抗，只有顺流而下。两个儿子很想让父亲找个伴儿，他们认为父亲的前同事不错，开朗、活泼、快乐。同事在国内时叫赵明兰，在美国都称呼她蓝。儿子们给父亲规划了旅游计划，他们请蓝做父亲的导游。蓝很愉快地接受了。蓝出国差不多二十年了，行为方式很美国化。刚一出发她就提出："我们订一个房间如何？这样可以为你儿子节省费用。"说完大笑。张佑安也笑，他说："我自己可以支付费用。"

在费城的那一天，他们预订的旅馆可能搞错了，只给了他们一个双人间。蓝笑着说道："这是命运的安排，没有办法。"张佑安也没过多说什么，反正入乡随俗就行了。人家说在美国，一男一女住一起正常，两个男人住一起才不正常呢。他索性就正常一次。简单地洗漱了,早早躺在自己的那张床上睡了。半夜里蓝钻进了他的被窝。张佑安礼貌地抱了她一下,她赖着不走,张佑安只好下床睡到另一张床上去了。他自嘲道:"老了。过去有力无心,现在有心无力了!"

蓝说:"安,你是介意我在国内的事情吗?"

"国内的事情?"张佑安像是很吃惊,"我不知道你国内有什么事情?你知道我的,从来不爱听人讲闲话。"

蓝说:"我出国是因为出轨,丈夫和我离婚而走的。当时闹得很厉害。"

张佑安说:"哦。谁没年轻过?都几十年前的事情了,还提那干吗!"

蓝叹口气说:"我是个冲动型的人,一高兴就忍不住放纵自己。"说完,她像是什么都不曾发生,很快睡着了。她大概是太累,偶尔会发出一阵轻微的鼾声。张佑安心怦怦跳动,蓝要是再过来,他也许就控制不住了。他的下面硬挺挺地立着,他和妻子半辈子不和顺,自己都忘了这儿的功用。

蓝过去的事儿他如何能不知?她业务能力很强,人缘也不错,热情,直爽,就是作风问题上屡犯错误。她和助理出去考察,一路上快活得形同夫妻,但是考察结束,她就坚决不肯继续了。她是有夫之妇,好像这是她回来之后才想起的。那助理还是个小伙子，爱喝酒，喝醉了就对她纠缠不休。后来单位把助理调到别的地方去了。丈夫原谅了她。中间她给他生了一对龙凤胎，儿女双全。丈夫是个好人，从不提起过去的事儿，对她一如既往的好。孩子们上了小学，她竟然又和一个林业技术员好上了。她总是利用工作理由往山上跑，他们在林地的大树下疯狂做爱。她主动告诉了丈夫。她不想离婚。其实丈夫也不想离，他们从感情到肉体都很和谐。但这事儿毕竟纸里包不住火，丈夫家里的人接受不了，他们觉得出过两次这样的事，再过下去太丢脸了。婚终于还是离了，儿子给了丈夫，她带着女儿去了美国。

　　第二天起了床，蓝像没事人一样。她依然简单，快乐。甚至在早餐时还取笑他："安，中国人吃肉太少，又不喝牛奶，哪还有爬高上低的能力？"说着，又往张佑安的盘子里放了几片培根。

　　那是次愉快的旅行，和蓝这样的女人在一起，很难不被她的快乐点燃。儿子们期待着二人有个结果，但蓝笑着告诉他们："你父亲不行，他不能满足我。"两个儿子也被她逗得哈哈大笑。他们想不到父亲一点都不介意，"这有什么？你母亲活着时我就不行，好多年喽！"

　　张佑安的相机里存了许多他和蓝的合影，有时候她张开双臂搂着他，有时她踮起脚尖亲吻他的脸。这个女人，和他在一起随时都得接受被她抱一下亲一下，比握次手都随意。

张佑安在美国变得年轻了。蓝说得没错，吃肉喝奶确实比吃面条喝粥更让人健壮。他想把这里发生的一切告诉万水，可是他打不通她的电话。他往她的信箱里发了许多照片，还给她写长邮件，讲蓝的故事，包括他和蓝的那个夜晚。

在邮件里，张佑安告诉万水，美国人大多不戴口罩。蓝和她的女儿女婿都感染了新冠，不过，很快就好了。他没有，他的体魄是强健的。他劝万水，人一定要多运动，要晒太阳，要接受风。

张佑安几次提出来想回国。他惦记他的苗圃，春天来了，各种苗木都要发芽，他担心雇用的工人不知道怎么照顾它们。他打电话让学生们去看过几次。他们要他放心。他每次咨询落地政策，都说国内为保证不被外来人员感染，各种隔离措施相当到位，回来大概要隔离三四十天。他想，别说四十天，就是八十天他也无所谓。他只是担心万水的洁癖，估计一年之内她都不肯见他。他理解她，一个人孤独惯了，好像生活在真空里。他真心地同情起她来。

张佑安在儿子的家里关得很无聊，他试着把上学时的那点英语捡起来。不久他能半看半猜地读英文报纸了，一个人出门也对付得来。他在商场给万水选一条围巾，开始挑了蓝的和白的，觉得万水肤白，哪一条都合适。想一想，突然就换成了洋红的，他觉得这个女人太需要颜色了。他想着她会拒绝收他的礼物，但先买了再说，毕竟这是一份心意。路过一个书店，他进去看了看，一本英文版蕾秋·乔伊斯的小说《一个人的朝圣》吸引住了他。书薄薄的，纸质柔软，拿在手中极其舒适。一个人，八十七天走了六百多英里。有关爱的回归、自我价值发现、自我救赎以及万物之美。从主人公迈开脚步的那一刻起，与他六百多英里旅程并行的，是他穿越时光隧道的另一场旅行。他被简介吸引住了，多少年不看小说了。过去他开始读英文报纸只是为了学习英语。

张佑安开始读这部小说，他一边看一边查阅英语字典，深深地被书中的故事吸引住了。虽然过去他英文不差，但毕竟几十年不碰它了，开始一天只能看几页，后来速度变得快了一些。他感动着，忍不住写信给万水分享。到后来他每看一段就翻译成中文讲给她听。哈罗德走了八十七天，他分享了一个月零一天。他突然决定要回去，便在网上订了机票。也许隔离会很痛苦，可总比不上六百二十七英里艰难。

张佑安要回国去了，而且说走就走，一天都不能等。儿子很奇怪，回到国内也是一个人，为什么这么着急呢？

大儿媳妇是个美国白人，她问："安，你在国内是不是有个心爱的人，她在等你吗？"

张佑安哈哈笑道："我有个苗圃，有几万棵心爱的树在等我。"

张佑安的英语口语比较难懂，儿媳妇问："几万个情人？"

儿子笑得眼泪都出来了："爸爸的情人，几万个，能装满一块巨大的土地。"

十

万水从三亚回来了，走的时候她克服万重困难，回来的时候也是如此。她上了家里的电梯，整个电梯都是抖的。满脑子只想着一个词，孤儿、孤儿、孤儿……

电梯门打开了，她过桥一样地跨出来，看到了门口放着两盆波光潋滟的玻璃海棠，花开得红艳艳的。打开门锁，天啊！那盆被她遗忘了的九重葛还旺生生地开着。这世上还有生命力如此旺盛的植物？难怪树能活上几千年。她走的时候在花盆下边放了一桶水，把一截用棉线包裹的橡皮管子插在花土里，管子的另一头放在水桶里。她那时只是试着安慰一下这株植物，让它知道，它没有被抛弃。现在桶里只剩下不多的一点水，可那根管子是潮湿的。九重葛,多么聪明的九重葛!它有九次重生的能耐吗?

万水第一次没有顾得上给自己消毒,她用沾着泥土的手打开了电脑。

哈罗德、奎妮,还有几乎被人忽略的哈罗德的妻子莫琳。

他在一个酒厂干了四十年微不足道的工作,他缺乏理想,没有信念,他给不了妻子和儿子所要的。没有亲近的人,没有朋友,他似乎就这样过完此后的生活,直至结束生命。

一个永远弯着腰活着的人。

人最深的孤独,是不被人理解。

奎妮只是哈罗德曾经的一个同事,算不上是朋友。哈罗德想不明白,奎妮为什么要写信给他?他甚至不知道该给她如何回信。她得了癌症,她就要死去了。

孤独——孤独——孤独——

奎妮是勇敢的,她给他,一个旧年还算熟悉的同事,写了一封信。否则她在这个世界上就是一个彻底被人遗忘的人。

在给奎妮邮寄回信的路上,他突然决定,"我要一直走下去,走路去看她!"

他有了平生第一次信念:"只要我走下去,奎妮就会活着。"

行走是艰难的,伴随着身体的疼痛,他想起生命中一些更疼痛的过往：

母亲离开他时，是那样的毅然决然；

酗酒的父亲把一个个女人带回家过夜，他是多么孤独而又无助；

儿子每一次犯病，他束手无策地望着，他竟然没有想过给他一个拥抱或者一句安慰；

儿子离世后，妻子住进客房。他没有试着挽留她，没有做过哪怕一点点感情的修复。

一个人，八十七天，六百二十七英里的路程，注定是一段孤独的旅程。可正是这份孤独，让他经历蜕变，实现了自我救赎。

万水的父亲去世十多年后，母亲也因多器官衰竭离开了她。她的世界从此孤独到绝望，她不信任任何人，更不相信爱情。她无数次地想到死，可又心有不甘地活着。她嫉妒别人的快乐，全世界的人都比她幸福。母亲刚去世那会儿，不停地有人给她介绍对象。有一个条件很不错的领导干部，丧偶。那个人对她很有好感。谁对她没有好感呢？一个洁净安详的女人，家世好，受过完备的大学教育。他们交往过一段时间，一起散步，一起吃饭。那人还邀请过她去家里度周末。家是阔大的、华丽的，温暖、舒适，阳光普照每一个角落。家里用着干净利索的阿姨。唯一的女儿在首都有一份令人羡慕的工作,她的丈夫和孩子也都体面。

一切皆好。她丝毫没有抗拒地接受着。有好几次,男人拥抱了她,她很顺从地让他接触她的身体。愉悦地,温暖地。万水有了一种亲人般的被珍惜的感觉,但她没有把她的感觉表达给他,她只是不擅长。有两回,男人要留她在家中过夜。他热切地、孩子一样地望着她的眼睛。"留下来,我们在一起。"

她迟疑地说:"我们,再等等,会准备好的。"她微笑着,带着少女般的羞涩。

她准备好了,她喜欢这个兄长一样的男人。她没有兄长,兄长大概就是他这样的。

一切和顺,似乎一切顺理成章。

从春天开始。夏天就要过完了,那个人约了她去一个她喜欢的西餐厅吃饭。她去了,刻意穿了他喜欢的碎花连衣裙,漂亮、年轻、知性、优雅。

那个已经非常熟悉了的男人,依然用欣赏的目光打量她。他为她点了全熟的牛排,他自己则是七分熟。吃完了牛排,让服务员撤了盘子,换上热腾腾的咖啡。她的习惯,咖啡和茶一定得是热烫的。话虽然不多,但交流却是和悦的,他对她总是那样,带着些关怀和疼爱。她习惯了这份温暖。

男人突然说道:"小水,我吧,对你的感觉是很好的。但是我也不能太自私。"

万水轻言慢语地笑着说:"不,你不自私,你比我好很多。"

男人说:"万水,我一直觉得,你对我似乎不是完全满意的,至少你很犹豫。"

万水心里怔了一下,随后又笑道:"我做得不够好,请你原谅。"她甚至有点撒娇地看着他。我还是满意的,很久没有得到这样被人爱护的满足了。他比她大六七岁,她那时才四十几岁。但是万水没把这句话说出来。

男人说:"小水,有人又给我介绍了一个女人,她很主动,我们一共见了两次面。小水,你对我应该有所了解了,我不是个花心的人。她很主动,两次都是她主动约的我。我就是想征求一下你的意见。"

"征求我的意见?"万水犹如万箭穿心,她用力地抓住桌子才不让他看出什么来,"她肯定各方面都比我好。"说完她就觉出自己有点失言,她用力地掐了一下自己。

"不,她和你不是一般的差距,她就是个普通的女人。她男人出车祸去世了,她带着一个女儿过,比你还要大几岁。可是她……"

万水没听到他在说什么,她庆幸自己在悬崖边没有掉下去。"抱歉,我去趟洗手间。"

万水在洗手间抱着马桶把中午吃的所有东西,所有的,吐了个干净。她出来的时候照照镜子,看不出有任何异样。

男人说:"小水,你没事吧。"

万水仍然是她惯常的微笑:"没事儿。"

男人说:"小水,哪怕你心里有一点爱我,都不会这样无动于衷。你真的让我恨。你为什么不哭?为什么不骂我?我在你心里一点分量都没有吗?"男人的眼泪出来了。

万水说:"祝福你们!"

她拒绝男人送他回家,很友好地和他道别。回到家关上房门,她撕心裂肺地哭了一场,就像妈妈死去时一般。

她再一次被亲人抛弃了!

晚上,男人给她打过一个电话,他问她:"我是不是可以去你那里看看你?"

万水说:"不。我一个人挺好的。"

男人说:"我的手机不关机,你随时可以打我电话。"

万水一个都没打过。

十一

这是一个晴朗的早晨,春光灿烂。张佑安大清早接到万水的电话,她对他说:"可以给我发个位置吗?我想去看看你的苗圃。"

张佑安说:"你确定我不用去接你?"

万水说:"我确定!"

万水把柜子里的衣服全翻出来了,每一件都是旧的,每一件都不能与这个春天相配。但是她顾不上太多,在旧的衬衣衬裤外面,套上了一件洗得发白的蓝帆布连衣裙,她结婚时穿过的。戴了宽檐的灰色帽子,穿了半高筒的胶鞋。

一小时后,她被出租车送到了张佑安的小木屋。

张佑安打量着她打趣说:"要不是你提前打了电话,我还以为是夏洛蒂的简·爱穿越回来了。"

万水说:"没有办法,我只有这些旧衣服,我就是一个陈旧的人。"她闭上眼睛低头嗅着木屋的栅栏上爬着的南瓜花,淘气地说:"太阳每天都是新的。花每天都是新的。只有人是旧的——"

话还没说完,她的身后环过一股身体的热气。她猛地睁开眼睛,脖子上多了一条热烈的洋红围巾。她眼睛里漫出泪水,她说:"你别再让我哭了,我昨晚已经哭了一夜。"

张佑安说:"对不起对不起!简小姐,赶紧进屋参观一下。"

小木屋里弥漫着浓郁的松香。他看到万水眼睛里的疑惑,便解释道:"芬兰原装进口的原木。订购后,人家派工人负责组装。"

万水里里外外看了一遍,低头对床上的被褥嗅了一下,说:"刚换的。"

张佑安开心地笑了,说:"您是本小屋接待的第一位女贵宾。接到你的电话,我快速换洗整理,不是怕被你嫌弃吗?只是这原木,不能使用消毒喷剂。不然屋子就会失去木头的香味。"

万水端起桌子上的一杯白开水,不凉不热,温度刚刚好。她一口气喝了下去。张佑安说:"我第一次遇到一个这样的女士,喝水一点声音都没有。"

万水说:"你没见识的还多着呢!"

张佑安说:"你不嫌弃我的杯子吗?也不问问消过毒没有。"

万水说:"早看过了,厨房里有消毒柜,杯子上指头印都没有一个。"

"哦。还有我的手呢,需要消毒吗?"

"我看见了,门口的吧台上有酒精棉片。"

"你可以参观我的苗圃了吗?"他做了个"请"的姿势。

她挠挠头,做了个不好意思的表情。"不瞒阁下,我从昨晚下飞机,还没给自己洗个澡呢。你的卫生间可以借我用一下吗?"

张佑安笑道:"浴者有其水,耕者有其田。我先去地里干活去了。这个房间只归你一人所独有。"

万水洗了个透水澡。这个张佑安可真是个细心的人,毛巾拖鞋都是一次性的。她在卧室里擦干净自己,仍旧穿上自己的衬衣裤。

张还没回来,这是个真正的绅士,他给她留下充裕的时间。但是困意袭来,她整整二十几个小时不曾合眼了。她躺到床上,钻进了被窝。在进入梦乡的一瞬间,她对自己说:"真不可思议!"

她重新睁开眼睛的时候,天地全是黑的,什么都看不见。黄河岸边是没有灯光的,夜黑得彻底。她大声地说:"有人吗,我这是在什么地方?"

外面的灯啪的一下亮了,有人说:"我在客厅里!"

她套上外衣走出去:"我这是怎么了?因为醉氧而昏倒?"

张佑安说:"简小姐,你不是昏倒,是昏睡。你一口气睡了十几个小时,你把天地都睡昏了。"

"天,你该喊醒我啊!我要是一直这样睡,你就一直等着?"

"那还用说!"他指了一下旁边的餐桌,"我煮了鸡蛋秋葵汤,里面的叶子都是园子里的青菜,你能放心吃一点吗?"

"天,我快饿死了,你给我毒药我也吃。"

"毒药有。后悔药没有。"他说着去给她盛饭。

他看着她吃了一小碗大小米两掺的二米饭,喝了一大碗浓菜汤。然后任由她去洗碗,仔细放进消毒柜里摆好。

他说:"是我走还是我送你走?"

她不回答,却问道:"你的小木屋真是个睡觉的好地方。你肯卖给我吗?"

他嘿嘿嘿地笑了:"可以卖,不过得连人一起买喽。"

然后他正了色又说:"我走了你一个人会害怕吗?"

她说:"当然会!"

他走到她跟前,带点坏笑地说:"我陪你,你不更害怕吗?"

她笑着捶打他:"我怕什么,你和几个女人睡一屋都坐怀不乱,我有什么怕的。"

张佑安拉着她的手打开了卧室的灯,做了个"请"的姿势。万水也眨眨眼睛做了个"谁怕谁"的鬼脸。她在卧室的门口呆住了,房间的木墙上挂满了应季的时尚衣服,还有帽子围巾。床前的柜子上放着乳白色的短靴子。崭崭新的,内敛而清新的颜色。

她喃喃地说:"天!刚才你可是看见我向南瓜花祈祷了,这是它给我变出来的?"

"那可不!没有南瓜花我哪有恁大本事?看吧,南瓜花显灵了。"他拉开衣柜的抽屉,里面有换洗的内衣和睡衣。他说:"你一直睡,我只好帮你洗干净晒干了。"他张着手,很被动的样子。

他们躺进了一个被子里。一个男人和一个女人。

男人没有坐怀不乱。女人也没有感觉疼痛。屋外是黄澄澄的土地,沿着土地往前走,就是奔腾不息的黄河。

万水在他们最欢愉的一刻道:"我不是一个孤儿了!"

她的语气分明是笃定的,自己已经给出了答案。

2022年10月27日3点36分完稿于郑州疫情封控中

圣诞玫瑰

如果你来过鹤江,你一定会爱上这个地方,至少刘念是这么认为的,她不太记得清自己是什么时间来的。忽而想起前几天房东提醒她,预缴的房租要到期了。那么,该有三个月了吧。

虽说这是一个县城,但很像黄庙街——刘念第一次来到这里就有这种感觉,隔着沥青混凝土依然能感知土地的抚慰,似曾相识的心安。显然,不是每个人都像她一样喜欢鹤江,喜欢这座不为人所熟知的小城镇。年轻人大多都离开了,去了更大更繁华的滨州,或是其他什么机会与挑战并存的城市。仿佛这一代的鹤江人生来就是为了逃离。留下来的多是老一辈人,他们贪恋黑土地的滋养,端着凳子依偎太阳的仁慈,一年又一年。偶尔也有年轻的夫妇，带着孩子，短暂地路过葡萄架枯藤攀着的矮墙，咂摸着户头上还差多少能攒够市里的首付，最终走开。

刘念对于小区的人来说是陌生的。不过她丝毫不担心无法融入这里，毫不夸张地说，往田间走上一圈，连稗子都想告诉你它如何度过了一个提心吊胆的春天。黑土地上长起来的，实在没有什么不充满热情。实际上，她很享受这种不被认识的陌生感，这使她得以拥有有生以来最自由的自由——想不做什么就能不做什么，包括说话。为了让这种自由能长期地持续下去，她选择了一条怪诞的、一劳永逸的路径。

偶然路过大爷大妈跟前儿，原本聚集着的人群四下散去。他们走得很慢，步子又不稳。刘念觉得很像是被风吹散的蒲公英。人有时是很单纯的，尤其是上了岁数的人，你让他们看什么，他们就相信什么，绝不会怀疑这背后有什么想要隐藏的东西。也许这也是让她留下来的原因之一。

明天就要过大年了。按照这里的习俗，商铺是要到初八才开市的，讨个吉利的兆头。年节催得人格外忙碌。刘念坐在自家花园的台阶上，看成捆成兜的吃食进各家的门，看小区里的灯盏盏亮起。她拢了拢披着的大袄，起身进屋。或许是被外面的气氛感染了，她决定为自己点一份丰盛的晚餐，四菜一汤，是老家成席的规格。按照鹤江的规矩,她又加了一份饺子,搭配着菜,有些不南不北。新年快乐!独自生活的日子里,她习惯了自话自说。也有些时候,会对着台阶上修剪掉的花——说着,给自己夹了满满一碗菜。桌子对面还有一只碗,她每餐饭都会拿出来、洗一遍再放回去。这是一个仪式。

饭菜摆好,她起身去门口的衣柜挂上脱下的大袄。屋里是刚好单穿一件的温度。她轻轻地抚摸挂起来的大袄、柜门,然后是茶几,最后在沙发上坐定,仔细地观览着这间屋子。刚搬进来的时候是个空房,她一点一点地布置起来。房东也乐于承担部分费用,于是装扮得更加精细。她打开沙发正对着的投影仪,找出一部电影下饭。她很久没有去过电影院,不知道眼下最热门的是什么片子。不过不打紧,她更倾向于老式的黑白港片。原本屋子里准备的是有餐桌的,只是她觉得沙发更舒服。餐桌又别有他用,渐渐地功能化分区了。

刚到的时候,她不太能吃得惯鹤江的口味。黄庙街,就是她的老家,吃饭向来是炖煮的咸鲜口儿。后来她在阜州待了几年,自己做饭更是少见油盐。一地风俗一地味儿,鹤江的饭菜打老远就呛香,放到嘴里更像场大型的味蕾风暴,争先恐后地炸开。像极了一场恋爱。

刘念突然放下筷子,菜汁儿滴到了衣服上。人总会重复性地在一些小错上反复，一次又一次，从不会用筷子到不能再用筷子，没人能保证自己绝不会犯这个错。或许当我们足够成熟可以判断这其实不算是一种错，却仍然会有想要补救的应激遗留。独处的好处就在于此，你的世界不再有人观看，所以一切情绪会变得失去外在性，收敛、沉潜，没有过分的喜悦或是过分的生气。这件家居服是她最喜欢的，已经穿了很久，柔软的贴身面料会因洗涤变形，领子再也折不出规矩的形状，但穿着就是让人舒坦。

她叹了一口气，吹动了手中的抽纸。擦了，擦不净，衣服上还留着菜水的痕迹。绕过原本的餐桌，进入厨房，用了一点洗洁精，又回到沙发上。桌子上的菜没有凉，可她失去了吃的欲望。她的手覆在那片湿漉漉的棉布上，泪珠滑过脸，然后汇聚下巴处，重重地打着手背。电视里的女人独身离开故乡，像这滴泪水一样，既毫无征兆，又无声无息。她抬起手去抹眼泪儿，头微微昂起。记不清是谁说过，骄傲的人，连擦眼泪都是向上的。

在客厅和厨房之间，有一面墙，因着它还有承重的使命，要比其他墙厚一些，足有三十厘米。原本定下的餐桌就摆在这里。刘念坐了下来，桌面上摊开的是抄了一半的《心经》。屋子不大，桌子平时都是收起来的，看起来是面靠墙的柜子，只有写字时才让它完全展开。她起身再点上三支香，插在柜顶的香炉里，拜上三拜，又坐了回来。这是她每天都要做的事情，与其问她有多么虔诚，不如真实地说出她究竟有多么执着于这荒唐的仪式感，就像那只空碗。今天下午出大太阳，她在花园里忙活。字就被耽搁在一边。这会儿补上，也不算荒废。

  香燃得很快，但味道很难散去。檀香落进墨里，缠绕笔尖，一点点被写进经文。等到墨也干透了，刘念把折好的纸放进柜子抽屉里，连同之前的九十张，一齐合上。她想起和房东约好了，明天要签合同，又拿起手机编了讯息传过去，明天九点见哦……等一切都做完了，也就意味着这一天快要结束了。她躺在床上，翻看着手机。输上一串号码，她想要打过去。她很知道自己想要打过去的，但是没有。她只是盯着手机的屏幕，等它快灭下去，再点亮，然后再灭下去，最终也没能拨出去。屋里的灯熄了，只剩下屏幕的一点光亮，映着她的脸。忽然她把手机盖在床上，身子颤抖，发出像遥远地方猫叫般的呜咽，几不可闻。手机再亮起时，她又恢复如常，除了微红的面颊和被打湿的枕头，好像一切都没有发生变化。她飞快地删除了那串没有拨出的号码，犹豫了好大一会儿，又重新输入，然后灭了手机的光。屋子又被另一种类似外头人家挂在门前的红灯笼的光亮充斥着。

做完这些,她才真的可以睡了。

当小张和师父从单位赶过来时,小区的单元门已经拉上了警戒线。这不是他第一次出现场,但确实是第一次出这种命案现场。此刻的他,尤为紧张。就好比你曾有过的英雄梦想,而它就真实地出现在你眼前,等你实现它,或者说,当你以为自己是天选之人,并满怀憧憬地踏上这趟英雄号列车,而车上的英雄们并无独门绝技,只是邀请你一起清理垃圾,告诉你这才是英雄的日常。那么就不难理解他的心境了。生活的真相平常又残忍。

在进队之前,他是无论如何也想不到队里的工作是如此的琐碎、单调、乏味,所能接触到的大多是些鸡鸣狗盗、街坊吵架的事儿。鹤江人说话就像他们的热情,过分的夸张。每次接到报警电话,听着那头像是两伙儿火拼,到现场一看,两个老头吵架都还隔着一丈远。乘兴来、败兴去地和同事调侃,还行哈,老爷子安全意识挺足。不过想想也是,一个人均占地六十平方米的小县城,每天都有大案重案,那还不要了命吗?今早接的这通电话,像一股电流从听筒里传出,刺得他一个激灵。一直到师父问他什么内容,他才木木地放下电话说,死人了!直到他们坐上警车,赶往新城小区时,小张还是有些不敢相信这种案子真由他们来负责。

虽说他在队里已经看过很多案例卷宗，理论上也熟练掌握了进入现场的注意事项，但就像一条路，坐在车里来回十遍八遍，也不如自己摸索着走上一趟来得让人记忆深刻。很多孩子在外读过一年大学、自己单独探索城市后，会对前十八年生活过的故乡在原始的广度上有着更深层次的了解。再走上几年，就能形成一套自己独有的对事物的认知方式。所谓认知观念的构成与自己走一条路，从本质上来说是一样的——小张常常觉得自己这种学生式的哲学思考，是一种不成熟的表现。但他又常常如此，形成路径依赖。

车直接开到了单元门口。小张跟在师父后面下车，向外围的同事出示证件，跨进被封锁的范围内。叽叽喳喳的谈论声一下子就消下去了，这看起来符合英雄出场的外部环境——小张在心里暗暗调侃自己，借以消除紧张情绪。新城小区，很难说是不熟，就在昨天晚上他还接到了一起"投毒案"的报警电话。两家老人因为抢菜摊上的最后一捆大葱，从骂战升级到动手。被劝散后，回到家越想越气，其中一位就把家里的狗屎丢到了另一家的院子里。这位当然也不甘示弱，进行反击。等小张和同事赶到现场时，两个院子几乎没有能下脚的地方。最后还是小张和同事把院子打扫干净，两家保证不再继续让此事发酵才了事。诸如此类的事情还有很多,有些时候他会猜测,整个小区的普法教育节目收视率肯定能在全国拔得头筹,不然这些老人哪来这些唬人的报案名头?后来,小张渐渐明白,即使没有案子,他们也会拉着他问东问西。就像即使没有人,他们也会固执地守在墙根,等待着一些并不新的新闻的来袭。他们已经太老了,这个不大不小的街区就是他们的余生,他们守着活着,也被困着。

警戒线围住的是一栋六层高的住宅楼,不算老。案发的现场是一楼的东户,朝向很好。这里的冬天很长,因为纬度高,一般"十一"假期后再过半月,最多二十天,就开始供暖了。冬天长归长,却也不是一直下雪,经常是下上一两天,停个一周,再接着下。给人们时间铲铲雪,在道路上跑跑耍耍。老天体贴,也真怕这漫漫冬日把人给憋坏了。所以路两边总堆着长长的雪,光照上去熠熠闪亮。小孩子是断受不了这种诱惑的,每一场雪都能引出恶战。也会有大晴的时候,太阳终归是太阳,该出现的时候它不总是缺席。比如现在,它就照在东户的花园里。

整个小区只有一个出入口,正对着一条路。这条路把小区分成了两半。外围用的是铁栅栏,打外头走上一圈,里面的一切尽收眼底。每个一楼都有花园,与其说是花园,倒不如说菜园更合适，绝大多数人都种上了菜，或许是源自骨子里对原始农耕生活基因的不可抗力吧。只有这个园子里全是花，小张认得，那是圣诞玫瑰。这种花和很多年前流行的君子兰一样，有一段时间一夜之间便在这个地方卖疯了。其实它和玫瑰没什么关系，是毛茛科草本植物。因为它枝条硬朗挺拔、株型直立，当地人都管它叫铁筷子。花一年两季，开在最寒冷的冬春，所以现在依然能看到满园的常青和枝头比绿叶还多的花朵。园子靠近栅栏的地方堆着残雪，花朵上也零星地盛上一瓣两瓣，太阳一照，化成了水珠，顺着花茎滚落进土壤，瞬间就被吸收了。被雪压得沉下去的叶子，也抖擞着伸展开了。这种花即使是在种满花的庭院中，也不会被人忽视，它实在是有些太昂贵了。毕竟是从国外进口来的，早几年一株就要好几百，如今即使降了价，应该也没沦落到论斤批发的境地。

师父说了句来吧，小张连忙把手套鞋套一一递了上去。门已经开了，入户的门正对着花园，阳光穿过它，顺势洒进了客厅，铺得满满当当。门内薄薄的一层月影纱，因为开门钻进来的冷气而飘动，影影绰绰地透着亮。屋里温度很高，空气里弥漫着焚过的檀香味儿，像一床刚收回来的太阳晒过的被子，宽大轻软，舒服得让人想要一头扎进去，带着幸福的昏沉。卧室的门已经被打开了，小张和师父走了进去。死者留着中长发，穿着一身成套的家居服，背对着门的方向躺在床上。床头柜上放着手机、一杯白水和一副框架眼镜。地上除了床头那一边靠墙，其余的三面各摆了两个卡式炉，以及一双女士拖鞋。小张取下卡式炉的气罐晃了晃，六只都是空的。他走到窗边，拉开遮光帘。窗户从里面锁住了。他看向床上女孩的脸，眼球突出，唇部、面部留有好看的樱桃红色。床上有呕吐物，是典型的一氧化碳中毒症状。死亡时间，他推断应该在昨天晚上。这两天一直在下雪，昨天下午三点左右才停。而刚刚进来的时候，他看到花园里的花，靠近根部的地方都没有雪。这种花最怕水淹根，所以应该是她在雪停之后清理的。

其实他还可以说出更准确的时间，因为他最后一次见到她，是在昨晚八点钟。当然那不是他第一次见，只是没想过是最后一次。而最后一次见面，距离他能够以如此方式了解她是如此之近，他莫名其妙地觉得有点遗憾。生命中或多或少会出现某种颜色，区别于其他所有色彩。具象成某一个人，对小张而言，她是红色，热烈而通透。他记不清到新城小区出过多少趟警，也记不清第一次遇到她的那天是为什么。只记得那天的阳光很好，就像今天。他透过车窗玻璃看到她穿过小区，一袭红衣，隔绝了周围的嘈杂。等出完警，天色暗了。小张看到她坐在花园的台阶上，手里还有几枝剪下的花。身后若有若无的纱帘，与她的清冷面色相得益彰。即使没有那身颜色，她在这儿也是绝对不会被忽视的存在。她年轻、陌生，还有点外地人才有的那种故作姿态的不在乎。

　　昨晚的她，与往日是有些不同的。他和同事处理完满院子的狼藉，坐进车里准备回去。她出现了，在一片红灯笼簇拥中出现了，不是那件红衣，而是及脚踝的大袄包裹着她的身体。她丢完垃圾就回去了，楼道里的感应灯没亮。他看着她一步步沉入黑暗里，心里感到一股怜惜，孤独着别人的孤独，直到她打开房门。现在，他很想知道她丢了什么，在她留在世上的最后一天晚上。他径直走出房门，走向那个超大绿色垃圾桶。也许，在这个人心般污浊的所在，藏着一个人一生的秘密呢！

　　法医要带着尸体回队，师父决定把后续工作交给他。其实一直以来，小张没觉得自己算是个有天赋的。他把自己半只脚踏入刑警队这件事，认定为机缘巧合，只是恰好他在警方发布的案件下面写了评论，谈了自己的几点看法，实习期就被队里要过来提前适应工作了。他不懂摆在面前的众多线索里哪些是最值得关注的，也不能分辨走访对象口中哪些话是不带任何情感色彩的客观描述。既没有秦明那样过硬的专业知识，也没有方木那样敏感的画像能力，更不用说拥有福尔摩斯那样学识广博，可以见微知著，转速堪比计算机的大脑。他在读书时反复揣摩《福尔摩斯探案集》,每到解密的时候,根据提示退回去一点一点地对照细节复盘,看了不下数十遍,仍旧不能独立地去破那些案子。师父看得出他的心思,他坐上车,并不着急走。末了,他告诉小张,慢慢查,别有压力。

小张决定先见一见报案人,她现在正在和同事做笔录。单元门口围着的人依旧没有散去,住了这么多年的地方突然死了人,想来他们想要看个究竟。

"警察同志,什么时候能把这个撤掉啊?这大过年的,都等着回家做饭呢。"

他们说的是警戒线,因为死者在一楼,怕楼上的人来回走动破坏了现场,整个单元楼都封起来了。现在已经勘察完毕,尸体也运回队里,警戒线是可以收起来了。只是群众的话未免有些不近人情了,他们如果问死的是谁,或者怎么死的,都不奇怪;怪的是好像大家觉得这个人就是该死的,或者说,早知道会如此。

他一边听着他们做笔录,一边在屋里细细扫视。从进门处开始,大门是防盗门,用的密码锁。左手边鞋柜,鞋子很少。进门右手边靠洗手间的墙,是一排柜子,里面衣服也没几件。进到洗手间、厨房,看起来干净简洁,让人觉得她不是住在这里,而是来旅游的。他自己都觉得这个推断很好笑,谁会来这种地方旅游呢？可能人家就只是喜欢这种简约的感觉而已。只剩下客厅了，三人位的沙发，松软得不像话，刚进门时的感觉又一次充盈了他的身体。顺着檀香走到柜子旁，上面放了一只香炉和三支燃尽的供香，墙上挂了一张带观音像的手抄《心经》。香炉里的灰快装满了，屋子里每件东西都带有淡淡的檀香，包括抽屉里的那沓观音像，和挂在墙上的一样。就这么大的地方，很快就转完了，不过她家中的某些东西引起了小张的注意。

报案人是这家的房东。死者三个月前，从外地来到这里，租下了这间房子。她说没见过雪，来这里住上一段时间，觉得好的话，就会长期租或者买下来。上个星期房租就到期了，房东问她怎么想，是买是租还是退房？她要是不住了，她要带别人来看房。她们约好今天见面，带着购房合同。房东九点到的，敲门没人应，电话也不接。她在门口等了约莫半个小时，还不见任何动静，就把门打开了。一看，人死了，就报警了。

"你一直有这房子的钥匙？"小张突然发问。

"你听我说，警察同志，这门锁上留有我的指纹，我告诉她改密码的方法了。一般我是肯定不会来的，但是你说她要是跑了，或者霸占着不走，我不能换一个房客就换把锁吧！"

"你还有什么要补充的吗?"

"也没啥,我们接触不多,不过真没想到她会把房子装成这样。她看起来比较那个。哎,就是那个,风骚吧!我也说不太好,反正看起来不像是会在这屋里住着的。外头对她评价都不太好。"

接着上门走访,一律是家中的女人在接受调查。她们提起死者,脸上挂满了嫌弃,仿佛什么肮脏不堪的东西,恨不能结束后立刻去刷刷牙洗洗脸,冲去沾染上的污垢。就是个卖的!卖什么的?卖什么,卖鸡的!卖淫是违法行为,你们既然都知道怎么不举报呢?她还不如卖鸡的,鸡要钱,她就是发骚!这样吧,如果你们能提供证据,可以随时跟我联系;如果不能,小心她的家属使用起诉你们的权利。女人们听到这话,闭上了嘴,狠狠地剜上自家男人一眼,好像还有什么没说尽的话,因为他们的原因不能继续说下去。正好,他也根本不想听。毫无缘由地,他怒气冲冲跑出单元门,差点被门槛绊了一跤。今天的太阳晃得让人心烦。他不知道自己在为什么生气,因为女人们说的不好听的话?自己凭什么那么笃定她不是呢?因为卖淫女不配体面地死去吗?

他还有一个人要见。

小区门口的一条街上,开着各式各样的店铺,吵吵嚷嚷的，满足小区住户的需求。小张打街上遛了一圈，随后进了一家卖烟酒副食的杂货铺。门脸很小，屋子是狭长的，靠着墙立了两趟长长的货架，加上屋子正中间的一趟，一共三排，堆得满满当当。老板坐在一进门的玻璃柜台里看电视，整间屋子只有一个灯泡，非节能的老式钨丝灯泡。太阳照不尽狭长的甬道，屋子的后半截因着这只灯泡，不至于被人忽视。电视机和灯泡刺刺啦啦的遥相呼应，左右耳一起一落的声波，让人觉得不舒服，只有柜台享受得到外头的光亮。

"老板，听说你这儿卖卡式炉？"

"是的。这里只有我卖。"

"都有啥样的？"

"就一个样，拿给你瞧瞧。"老板从脚底下摸出来一个，递给小张。和照片上一比对，基本确定死者家里的卡式炉是在这里买的。

"老板，跟你打听个人。最近是不是老有个年轻女孩在你这儿买卡式炉？"

"有。"

"记得这么清楚？"

"她半个月买一个、半个月买一个，一来就说是坏了。我卖这么多个出去，也没见过一个坏的。我寻思咱都是做街坊生意的，她一个小姑娘也不容易，叫她拿过来我给修修。她竟然问我会不会修理身子？真的，给我挺大一老爷们儿听得脸通红。我也懒得管了，她掏钱我就卖东西给她。"

"那您怎么知道她是一个人呢？"小张问着，脑海里浮现的是橱柜里摆放整齐的两双碗筷。

"咱这地方小，生脸少，像她这么年轻轻的就一个。再加上吧，做事再张扬些，想不注意她都难。小伙儿你别不信，她每天要在这条街上干啥，我闭着眼都能给你说出来。"老板猛抽了一口烟，像充了气一样，一股脑地往外说，"每天早上七点四十五，她来街东头买包子，一荤一素一杯豆浆不加糖，边走边吃到街对面买菜。周一鸡来周二鱼，周三肘子周四是海鲜……然后再去西头买几个水果，最后来我们家买一瓶酸奶一瓶纯奶，就回去了。""天天如此吗？""差不多吧，我还纳闷干啥不直接成箱地买。俺这也没啥人，拆开了，最后还不是一箱都卖给她？不过她每月的初一、十五买一个炉子。买炉子呢，就不买奶。小伙儿，她出事了吧？"小张本来想问他怎么知道，低头看见了自己的警服，回道："嗯，她死了。"老板没再接话，仍旧抽着烟。

小张的电话响了，他走出门，掏出手机。是师父的电话，问他进展如何。"正常吧！"他脱口说出了这三个字，有点吃惊，但仔细想想也没什么不妥。挂了电话，街上仍旧是吵闹，大家都珍惜着难得的晴日。鹤江的年味一如往年的重，小区里那个女人的死，什么都没能改变。

小张回到队里直奔法医室，还带着满满两大包证物。法医掏出手机对师父说，收你二十。师父告诉他，这只是他们俩之间的一个小乐趣，这次赌的是他会带几袋东西回来。小张当然是不明就里的。法医收起手机，告诉他，这是尊敬的周扒皮师父为我即将为你这两兜宝贝加班加点支付的泡面费。他有些不好意思，手中的东西放也不是，不放也不是。法医被逗笑了。师父直接接过，递到法医手里，这样才公平。

师父告诉小张，尸检报告的结果显示，死者角膜中度浑浊，瞳孔能透见，推断死亡时间在十二至二十四个小时之间。死因系急性一氧化碳中毒，肠胃中未见苯二氮䓬类药剂残留。也就是说，再等一份证物科的鉴定报告，就可以结案了。师父当然看出了小张有话想说，这孩子有着他自己都未曾察觉的敏感，那是无法通过练习复制的天赋。只是太缺乏实践经验，这次的案件对他而言就是很好的机会。师父耐心地听他说出自己的困惑，他觉得目前还不能认定这是一起自杀案件。房间里多出的男士拖鞋和洗漱用品，似乎说明还有另一个人的存在；尤其是说到死者的风评那一块，他激动得厉害，就差没有喊出来——他用低沉而坚定的口吻说道："她绝不可能是那样的人！"

师父看了他一眼，好像小张的态度在他的意料之中。然后他问道："你认识她？"答案是否定的。"那你怎么知道她不是那样的人？"看他沉默不语，师父又说："你觉得咱们局长是什么样的人？"

"严谨、严厉。"小张迟疑了一下，觉得他没见过局长几面，还真不好回答这个问题。但话已经脱口而出，他有点尴尬。

"那你觉得局长在孩子心里是什么样的人？"他明白师父的意思，每个人作为独立的客观主体，对同样的事物，会产生不同的感受。"你再想想，局长对劫持人质的罪犯和小偷，采取的方针是一样的吗？"师父看他有些没完全明白，又补充道，"人是多面的，往往人们呈现给你的是他们为了某种可达或不可达的目的，想让你看到的。而作为警察，我们要相信，也只能相信客观证据。"

不到两个小时，法医带着结果出来了，所有证物都显示死者是独居，家中除了自己的指纹，连其他人的毛发都不存在。证据链中唯一没有闭合的一环，也在这份结果出来后，严丝合缝。

法医拍拍小张的肩膀:"张儿,你知道这姑娘哪儿的吗?"

"不知道啊,房东只说了她刚来这儿三个月。"小张老实回答道。

"我知道,我还知道她什么时候生日。"

"这也能解剖出来?"

"当然不是,不过她衣服口袋里有身份证。你太紧张了!"

"紧张?我紧张吗?师父,你们早就知道她是自杀对吗?"他转身问师父。

"没有很早。"

"原因呢?"

"因情吧。"

"那您为什么还任由我去调查,不直接结案呢?"

"首先,你提出的问题和线索确实值得去验证;其次,这是你跟的第一个案子,我应该给予充分的支持和信任,当然,必要时我也会纠错;最后,你也得到了相同的、正确的结论。证明你做的调查没有错。"

"师父,我想知道您是怎么得出的结论?"

"屋里虽然有男士物品但是没有使用过,加上证物科显示屋内只有她一个人的毛发和指纹,其实就否定了另一个人存在的可能;她的右手无名指根部有戴过环状物品的痕迹,尸检时颜色较淡,结合她到鹤江的时间,推测应该是来之前因为感情破裂取下了戒指;最重要的一点,她的手腕处有割腕的痕迹,我们调了她的病例,有过自杀被救的先例。以上,判定她计划性地进行了自杀行为。"

"哦。"他为自己的某些疏忽感到惭愧,"原来是这样,我还浪费了那么多的时间和人力。"小张觉得自己此刻像是站在海边,翻起的海浪一下一下朝他涌来,拍打着他的脚面、小腿、腰部,最后打上他的脸。他的五官无法感知周遭,脚下的沙子被站出了两个坑,细密而紧实地抱住了他,动弹不得。

"浪费?即使是在最严谨的物理实验中,自然损耗也是可以忽略不计的。没有那么多的天才,只有在发展中不断进步完善的人。你所拥有的细致入微的感知能力,已经超越了很多人。况且我只比你早知道不到半天,二十年的经验领先你半天,值得让你这么沮丧吗?我们也会有为了一个案子布控三五个月而一无所获的时候,这也是你眼中的浪费吗?"

惭愧变成了自责,他朝师父尴尬地笑了笑。

"每一个刚进入这个行业的人都愿意做很多功,不在乎是不是有成就。后来很多人慢慢都变平淡了,没有热情也没有激情,功过无所谓。这才最可怕。"师父的话有点严厉,甚至有点难听。但他听懂了,这话把他一点一点从脚下的沙窝里拔出来,耳目变得清明。他突然想透了一个更深的问题,也是这几天他比较焦虑的问题——有人一点一点地设计自己的死,也有人一点一点地计划自己的活。有人在死去,有人在成长。这个世界就是如此复杂,也如此可爱。

他深深地向师父鞠了一躬,没听到一旁的法医在他出去之后与师父的对话。"这不是你自己挑的人?干吗生这么大的气?""是,我活该。""人家可比你当年聪明得多,也上路得多。想想局长的白头发,你可没少添力。你开始还不是一样?所以啊,慢慢来吧。""嗯,慢慢来。"

"喏,这可能会对你找到答案有帮助。"小张扭头一看,是法医追出来,手里拿着那部放在床头的手机,只有一个未署名的电话号码。他记下那个号码,用自己的手机拨了过去,很快被接起。"喂,是你吗?"是一个女声,带着试探地询问。

"你好,请问您是刘念的家属吗?"——刘念就是那个死去的女人。

"她死了吗?"小张听到这样的问题已经不感到奇怪了。大家都能看到的事情,只有他看不明白。

"是的,她……死了。我是鹤江刑警队的张瞰。"

"好吧,"她稍稍停顿了一下,"我尽快过去。"

"您怎么过来呢?确定好方式和时间后请告诉我。"

"好的，谢谢你张警官。"

挂了电话，小张突然觉得已经松弛下来的心又莫名其妙地紧张起来，刚才接电话的那只手竟然沁出一手心的汗。干吗呢？真不是老警察呢！他一边自嘲，一边下楼开车。转了一圈儿，竟然没找到自己的车。后来一拍脑袋，想起来刚才为了提东西方便，是从楼东侧的货梯上来的。法医说得没错，我太紧张了。他暗暗责怪自己。还没走到车跟前，那个女的电话就打过来了，说她两个小时后可以赶到滨州机场。小张看看时间，赶紧朝机场赶，他赶过去也需要两个小时左右。鹤江不像阜州，它只是一个边缘的、不发达的小县城，没有高铁更没有飞机。从阜州过来，需要先飞到滨州，再转两个多小时的车才能到。在路上，他给刚刚那个号码发了一条短信："您好。请您下了飞机联系我，我会在机场接你。"

在路上，他觉得心里有点乱，虽然他想好好从头到尾捋一下这个案子，但千头万绪纷至沓来，一时也不知道从何处开始。他觉得，是赶紧想见到这个女人的念头扰乱了一切。而见到她，这种乱就会终结，因为，她知道。他什么都没说，她就什么都知道。

刘念从阜州来到这里，对内精心地、规律地生活，对外不加掩饰甚至宣扬地做着败坏名声的举动，最终死在家中。那么，动机呢？一个案子最重要的就是动机，人不可能无缘无故地去伪装，即使是下意识的，也是深层次内心需求的驱从。她屋子里即使不是真的有另一个人存在，在内心里也一定为某个人始终保留着这个位置。小张知道，这一切，都需要从阜州来的这个女人给出答案。

突然，他看到一辆白色的奥迪从他车右边超了过来，快超过半个车身的时候，一个胡子拉碴的中年人摇下玻璃点着他说："警察叔叔，你会不会开车啊，一直轧着超车道走？"他这才意识到自己的错误，本来想道一声歉，可那辆车一溜烟跑前面去了。他咬了一下指头，静静脑子，专心开起车来。他还没赶到机场，那个女人的电话就打过来了，说她已经落地了。

两个人见了面，他把证件递给她。她迟疑了一下，还是接了过去。她看了会儿证件，又看着小张："有什么需要我配合的？"

"是这样的，我们需要家属确认死亡，还有她生前登记的人体器官捐献，也需要征得家属的同意。刘念的手机里就你一个联系人，所以……"

"所以？你就认为我是她的家属？"她摘下墨镜，问向他。她的眼圈通红，手死死地捏着背包带，极力忍耐即将喷薄而出的情绪。

"除了房东,这个手机上只有一个号码,也从来没有拨出过……我猜想,她唯一想让来的只有你。"

"她倒是会给我找麻烦!"从机场回去还要一段时间,她上车就闭上了眼,或许是因为悲痛,总之她没再说一句话。她的脸瘦长,身子也瘦长,体型和刘念相近。俩人站在一起,说是亲姐妹也不为过。

刘念的尸体就躺在那儿,穿着自己的衣服。队医整理过她的遗容,擦去面上的脏物,被一氧化碳成功争夺的血红蛋白堆积在皮肤表面,在白炽灯光下显出好看的桃红。小张也被灯晃得恍惚,像是又看到花园里的玫瑰,处处开放。女人走近看了她一眼,问小张要来文件,找到需要签字的地方,快速写下同意,然后头也不回地离开法医室。小张没想过她会是这种反应,追出门去,发现她蹲在地上哭。她把头埋在胳膊里,两只胳膊紧紧地抱住自己,身上的过膝长袄随着她的脊背在地面上起伏。法医室的门夹住了她一半的背包。她就这样大哭,没有人会来阻止。如同医院比教堂聆听过更多虔诚的祷告,这间屋子也比婚礼见证过更多真挚的眼泪。

等她哭累了,小张递上纸巾。她背过身去,抹完泪露出释然的样子。她问小张:"你是新来的吧?"

"我?"小张苦笑了一下,低头看了看自己的衣着,"因为我看起来不够专业吗?"

"不,你很敬业。不过,很多人在工作一到两年后,就会渐渐忘记当初立志的满腔热情,尤其是像我们教师和警察,"说到警察的时候,她故意把这两个字咬得很重,"拿着付出与收入不相匹配的工资,需要极高的自我奉献精神的工作。很容易看出来。"

这已经是今天第二次听到这句话了,他尝试理解。

女人又问道:"你还有别的想问的,对吗?"小张点点头:"如果你不介意的话。"她也点点头。

他们找到一家咖啡馆,是她提议的。这是一栋两层的建筑,与刑警队隔三个街区。房屋中间被打通了,进门之后会觉得内部挑高远高于外面看到的。屋子的正中间,空中交会着两条木质的悬空楼梯,踩上去会有低沉的咚咚响声。从二楼向下看,有一个乐队在演奏,轻音乐从快要睡着的大胡子手中传出,听得服务生也打着哈欠。他们找了一个包间坐下。女人问他想喝点什么。其实小张很少来这种地方,确切地说就是没有进来过。他表示自己都可以。她一共点了三杯,两杯卡布奇诺,一杯冰美式。"这一杯是给刘念的,她喜欢这种地方的情调。"她自顾自地说着,然后抬头看着他,"张警官,有什么问题你问吧。"

"你们关系应该很好吧?"

"说实话,我们在好的关系里算不上好的,在不好的关系里又算不上不好。"她一边搅动咖啡,一边字斟句酌,"我们很少见面甚至很少聊天,但有了事情会第一时间向对方吐槽,哪怕没有回应也不会尴尬。我们也互相了解,准确地知道对方所需要的是什么样的安慰。"

她上课一般的陈述,让小张很不适应,但也有某种熨帖:"那么根据你的了解,你觉得她是自杀的吗?"

"当然,你一打电话来我就知道了。"

"你们有联系过吗?"

"准确地说,从她决心要做这件事的时候,我们就再也没联系过了。"

小张并不能完全信服所谓的了解,他继续提问:"我有几处疑惑,您能不能帮我解答?"

"尽量吧,有时我也并不完全懂她。"

"她为什么抄那么多《心经》呢?"

"她信佛,每月初一、十五她都只吃素,奶制品都不碰。"

"她为什么种了满院子的圣诞玫瑰?"

"大概是这个名字吸引了她吧,听起来很有情调,像这家咖啡馆。"她这样的回答,让小张有点失望。

"她为什么来到这儿之后一定要搞坏自己的名声呢?"小张又把走访时邻居的话向她复述一遍。

"这倒像她会做的事。"她眯起眼睛,好像在回忆某个场景,"一件好事十天半个月都走不出房间的门,可是一件坏事一天就能传遍整个小区。"

"这就是我最想知道的问题。为什么?她这样做的动机是什么?""你还真是个新警察,"她不合时宜地笑了,随后又严肃起来,"我觉得她这样做,会最大限度地抑制警方调查她死因的冲动,节省你们的资源。"

小张脸一红,端起了咖啡。

她也低着头搅弄面前的咖啡,这已经是她放的第三包糖了。糖分早已经饱和,杯底沉着厚厚的一层未化掉的颗粒。继而,她端起那杯点给刘念的,抿了一小口。然后她抬头看着他的眼睛说:"我给你讲讲她寄给我的信吧。大概就在三个月前,我收到了她的信。上面写着:'你知道吗?心理有病的人,若把感情当作良药,只会变得越发严重。我只有死路一条。如果让你接我,你知道我会去哪里吧?我们说过的。'"

"你就真的没有再找过她吗?"

"我看完信,立马给她打电话、发微信,找遍了一切我知道的她的联系方式。可是现在所有社交平台都依托于绑定的手机号,她注销了,是空号。我看了信封上的地址,是从阜州的机场寄来的,走的邮政。那时我就明白,不必找了,她计划好了一切。如果我还有什么能帮她做的,就是不去打扰她,成全她想要被遗忘的体面。"

"她跟你说过会来鹤江?"

"鹤江是其中之一吧!我们都很喜欢雪,可能是阜州很少下雪的缘故。那时候商量过,如果有机会,定居在鹤江,买一个带院子的房子,种满园子的花。所以我一看到鹤江的电话,就知道该来接她了。"她坐在对面,目光越过小张飘得好远,好像还能看到同刘念一起在咖啡店里的画面……

"那她信里说的感情是?"

"张警官,她犯罪或者违法了吗?"

小张被问得莫名其妙:"没有。"

"那为什么一定要追究这些呢?我愿意同你坐一起去说一说她,是为感谢你尊重她的意愿让我前来,也能够把这个压着我的秘密卸下。她费尽心思掩藏的东西、想要保护的人,就不要再问了吧!"

听着她郑重的告诫,小张开始反思自己究竟为什么一定要知道?开始是因为有疑点,顺着刘念给的线索听完这封信就可以了,再问就与案情无关了。"抱歉!我要先走了。"她坐在对面,好像又陷入了某种回忆。对于小张的离开,她视而不见。

小张开车回到队里,师父在等他:"聊完了?"

"聊完了。"

"你想知道的弄清楚了吗?"

"清楚了。"

"嗯。去写结案吧。"

他抱着文件朝外走了两步又回头:"师父,您说为什么总会有自杀的人呢?"

"大概在我们所受的教育中,愿意舍生取义的英雄太多,努力活着的平凡人太少。平凡似乎是不值得被歌颂的,唯有死亡才能彰显分量之重吧!"

不待师父说完,小张连忙接话道:"可大多数的普通人,光是活着就需要莫大的勇气了——您觉得刘念可惜吗?"

"可惜?可惜什么?"

"她这么聪明、冷静又周密。要是来当刑警多好啊。"

"也未必,不畏死但不知活,她没有意识到自己所做的事情并非是一场完美的献祭,而是权衡生存收益与成本后的一次选择。本质来说,她是非常利己的人。她做不了这一行。"

"哦。"他好像觉得自己的两条腿又被埋进沙里,但他又是那么心甘情愿。他被某种激动覆盖着。警察和教师，真的有某种相似吗？就像生和死，在义理上是如此相通。

很多天后，他正在讯问一个案件当事人。手机突然振动，他拿起来，是刘念的朋友发来的信息："张警官，你好。"小张礼貌地回了一句："您好。"这才突然想起刘念这个案件已经快被他遗忘了。他这几天路过那个小区就没注意花园里的玫瑰是不是还在开放。"其实我想跟你说，她寄过来的信里还有一封信，是给那个人的。"小张的手机刚收到信息，那边又传了一条过来，手机的振动一声接着一声。"不过我没有告诉他。"

"您介意告诉我原因吗？"他试探地问道。

"我是要告诉你的，张警官。我知道她把信放进来的意思，就是希望我可以帮忙转交。信上写的，大概就是一些无关痛痒的叮嘱。他收到信时，她人已经死了，能够挽回的可能性肯定是没有了。你说，这关心里是真心更多些，还是希望他永远不要忘记更多些？"

"的确，这是一个问题。"小张想起了师父说的话。

"如果我去告诉他，可他感到厌烦，或是恐惧，那么她想要以自杀来使这份破碎的爱情再次圆满的希望就会落空。她自我所筑起的、祭坛般的坟墓也就不再庄严神圣。既然她把选择的权利交给了我，而我，不能在失去她之后被告知她的死亡之于他毫无干系。那么这封信，永远不可能交到他的手中。"

"嗯。谢谢您告诉我这些。"

小张的手机之后再没有响起。他的讯问继续进行。离下班还有两个多小时，他想，如果有足够的时间，他会绕道去那个小区，看看花园的玫瑰还开着没有。后来他又否定了这个决定，因为春天已经接近尾声了。而圣诞玫瑰，只会开放在寒冷的冬季和早春。

第四十圈

以眼还眼，以牙还牙，以手还手，以脚还脚。

——《旧约全书·申命记》

上 部

一

十六岁那年我发表第一篇小说。说起来甚是好笑，这篇作品像一个孤儿，前不巴村后不着店。其后将近二十年时间，我没再写过什么东西。不但没写过东西，也没做过什么让自己高兴的事儿。生活黏巴巴的脱不开手，二十年时光，左支右绌，只用来应付生计已是身心俱疲，遑论其他！在一次高中同学聚会时,有人提起这篇小说,告诉我小说中写到的"那个人"现在已经是国家某银行人事司的司长了。老天爷!"那个人"是哪个人?连这篇小说的事我都不记得,怎么还会记得那个人!

二十年,可以忘记的事情很多,而且都比一篇小说要大——生活在这个星球上,坐地日行八万里,浑然有序而又阴差阳错。每天有三十七万人出生,十六万人死亡。想想看,与此相比,我们平凡的一生有什么大事可言?

不过,我着实听说过一件大事。那是我以一个作家的身份下派到天中县挂职当副县长期间,县里很多人给我说起曾经在这个县轰动一时的一起案件。是个杀人案,但也不完全是杀人案,案子里面套案子,挺复杂的。案件已经过去十来年了,现在大家还津津乐道。而跟我讲述这个案件的人不同,案子的面目也不一样,对里面各色人等的评价更是千差万别,真像一出"罗生门"。这谁也别怪,我理解他们,案件不管多复杂,那是别人的。

第一个跟我说起的是我的司机刘师傅。可从我到县里任职一直到离开,他始终也没把这个故事讲囫囵,其他人说的更是支离破碎。那次刘师傅送我回省城,在路上主动向我说起齐光禄——齐光禄是这个案件的主角。"赵县长,您是写小说的,那齐光禄的事儿,讲说起来比小说都好看。"我相信他从未看过小说，他生活中就两件事，开车和打牌。天中有俗谚：一怕孙书记讲政治，二怕刘老四"推拖拉机"。孙书记是县委管宣传的副书记，他安排秘书写讲话稿就一个标准，"今天是开大会，话不能说矬了，给我写够五十页！"刘师傅在家排行老四。据说他打牌可以三天三夜连轴转，眼睛都不带眨巴一下的，人在阵地在，不把对手熬趴下他决不下战场。

我说："你说来听听。"

"他怎么就那么狠，眼睁睁地把一个派出所所长给剁碎了，"他一边吧嗒嘴，一边说，"这个所长我们早就认识，过去他没当所长之前，就在政府家属院住。挺内向的一个人，从农村考上的大学，第一个老婆跟人好了。找这第二个老婆也不是个正经货，名声不好，老大不小也找不到对象，最后不知怎么的就嫁给他了。"

凭我的职业敏感，我知道这可能就是我下来挂职所要体验的"生活"，就这短短的几句话，一篇好小说所需要的张力已经有了。我问他："你说的这个齐光禄为什么杀所长？总有个前因后果吧！你能不能把这个事情详细说说？""哎哟！要说那真不是个事儿！那算个什么事儿啊？哎嗨！钱，人家该赔也赔了，政府该补也补了，所长该免也免了。"他左手开车，右手捏着指头算着这三个"了"，好像这是一桩可以计算的买卖似的。

我坚持让他从头到尾说详细点。他意思了半天,说,一时半会儿根本说不清,这得抽个时间好好说道说道。我说:"我们路上有将近四个小时的时间呢!"

"四个小时?那不够,太复杂了!"他摇着头,又重重地叹了口气,"太复杂了,想想就够让人闹心的。"

二

汝河往南走了一大段,又掉头往西去了。这样的走势在平原地区很罕见,属于倒流,所以当地人也把这条河叫作回头河。汝河河湾处夹着一个小镇,很像一个人的胳膊搂着个孩子。小镇与县城隔河相望,但是无路相通,只能坐船过去。别看这个镇子不起眼,名字却响亮得很,叫天中镇。也是因为有这个镇子,这个县叫天中县。据说这个地名是乾隆爷下江南路过此地时封的。但这种说法很值得怀疑,我从史书上看到关于天中的记载:"禹分天下为九州,豫为九州之中,汝又为豫州之中,故为天中。"后来,我又在县志上看到"天中"二字竟然是唐朝的颜真卿所书。可见,历史真是不值得认真端详。

天中镇镇东头住着一户人家,户主姓牛,人皆称呼牛大坠子。"坠子"在当地土话里有两层意思,一层是对本地戏曲的统称,一层是指一挂鞭炮最后那几个最响的大炮仗。牛大坠子跟这两样都沾点边儿。先说唱戏这一出,从小他就喜欢,只要一出门口,小曲就挂在嘴上,咿咿呀呀,抑扬顿挫。如果碰上一群人扎堆儿在那里聊天,他便凑上去。禁不住人家一撺掇,他就会半推半就拉开架势。那么胖大的一个人,踩起场子来如风摆杨柳,左手撮成兰花指掐在后腰上,右手撮成兰花指挑在胸前,其势如凤凰展翅,便一唱三叹地开始了:

　　我不告天来也不告地

　　状告皇王御妹婿

　　我告的就是他强盗陈世美

　　秦香莲我本是

　　他的结发妻呀、呀、呀、呀……

至于把他跟大炮仗联系在一起,一来是他嗓门大,说话跟过闷雷似的,震得人耳朵轰轰响半天;二来他好充大,说话办事总爱拣个高枝,好像凡事都比别人高明。

坠子爷爷过去曾经跟过袁世凯,专门做手擀面,说是祖传手艺。老袁这个人一直到死都爱这一口儿。老袁死后,爷爷背着太子克定送的一把日本刀解甲归田,刚好遇到兵荒马乱的年月,技艺无以相传。直到后来得了孙子坠子,他才将刀和做面手艺传给了孙子。

不管爷爷是不是跟过袁世凯，用这方法做出来的面真是好吃。刀看起来也是真的，像传说中的皇室用品。坠子当了金豫宾馆的经理之后，把做面的手艺给解密了。相当简单，小麦、红薯、绿豆三种面粉和在一起，磕几个鸡蛋，使劲搅和，待白黄绿三种颜色混为一色，用瓦盆盖在案板上醒半个时辰，然后擀成半韭菜叶那么厚的面皮，晾至半干，刀斜成45度，薄薄地片下去，便成了厚薄适中的面条。用猪油擦一下锅底，把葱姜煸熟，待水烧成大滚把面顺势摆进去，出锅前再放几棵小青菜，点几滴芝麻香油。吃的时候有一股说不出来的"年少的味道"（爷说是袁世凯语）。那时候，就靠着这"袁面"，金豫宾馆红火了好大一阵子，如果不是后来的几多变故，结局肯定不是现在的样子了。

坠子原来在金豫宾馆当大厨，虽然有祖传的面点手艺，他却死活不听爷爷和爹爹的话，做了红案。他不喜欢白案的冷清，对着一堆面粉揉来搓去，让人一点都兴奋不起来。他喜欢红案的热闹，爹怎么打骂都改变不了他的志向，于是只好随了他。很快他就出师了，煎炒烹炸相当了得，那完全得益于戏曲给他的启示。他觉得炒菜跟唱戏十分相似，热锅凉油，一把作料撒下去，刺啦一响，是过门儿。待主菜下锅，一出大戏便开始了，锅碗瓢盆叮当乱响，有韵律，有节奏，还有情趣。那是一门让人上瘾的艺术。

刚开放之初,国营金豫宾馆实在经营不下去了,学习外地经验搞起了承包。那时候的人都小胆,商管委开了几轮会议,没人敢接这个摊子。坠子一拍屁股站起来,签了为期五年的承包合同。当时的报纸电台当作是一个重大新闻,进行了广泛报道,说他是中原的马胜利步鑫生,他的壮举将会在中原大地掀起一轮改革大潮,云云。

后来的实践证明他这个决策是对头的,他以"袁面"打头,以周围鄂豫皖地方特色菜铺底,生意做得风生水起,远近闻名。那时候,他牛总经理梳着中分大背头,一套上海"响铃牌"大方格西服,脖子里吊着猩红领带,皮鞋擦得锃亮。不管他去哪里,都扎眼得厉害。一辆古董级的黑色"上海"牌轿车驶过,能听到收音机里传出的老包下陈州的唱腔:

久念陈州众百姓,

辞别王驾早登程,

紧催八抬忙走动……

三

机关干部下基层挂职锻炼,总有点不伦不类。有钱有势的部门下来还好,能给人家跑个项目批点资金什么的,至少能为当地干部提拔重用牵线搭桥。像我们这些文化部门下来的,两袖清风,手无缚鸡之力,很难融入当地。眼看着两年的挂职期限已经过半,我心里不免暗暗着急。一来,自己分管的文教卫属于慢工出细活的工作,干好干坏一时半会儿也看不出来。二来,有形的项目自己一个也没干。别人说起以往的挂职干部,往往是谁谁谁修了水库,谁谁谁盖了一所小学。如果我回去,在县里不会留下任何可资评说的东西。有一次,我给在发改委任职的一个学弟打电话,求他帮忙给弄个项目。"姐啊,"人前人后他都这么亲热地喊我,"不是我给你弄个项目,而是你得先编个项目,我负责给你点钱!"电话那头乱哄哄的,好像是在歌舞厅里,那时是下午四点多一点。"编个项目?是编制一个项目还是随便编一个项目?"我玩笑道。"哎呀!姐,你这作家都当呆了,那还不是一回事儿?小说是把真事往假里说,编项目是把假事往真里说!"他那边已经开始唱上了,吼了一句粤语歌又跟我说,"就这么回事儿,年底快批项目了,正好今年钱多得花不出去。"说完又唱上了。估计他也喝得差不多了,不然他不会这么跟我说话。他是一个知道分寸的人。

　　第二天,我带着办公室副主任赵伟中和秘书下乡搞调研。在县里,每个副县长都有一个办公室副主任跟着,其权力比秘书大，比办公室主任小，我的一切活动基本上都靠他安排。走路上我问他，"编"个什么项目合适。赵伟中说："赵县长，您是真想办事还是想办真事？"妈的，这都什么语言，跟江湖黑话似的！我不禁想起学弟"编项目"之说。我说："此话怎讲？""真想办个事出出政绩，县政府项目库里的项目多的是，拿一个就是了。想办真事，那就看您觉得事情办得有没有意义了。"我说："那还用说？我办事的风格你们又不是不知道！"刘师傅插话说："赵县长，咱们县我觉得最值得办的事情，就是县城往天中镇修座桥。这事儿老百姓意见很大。""既然有这样的好事，过去怎么没人办？""哎哟！"他又吧嗒起嘴来，这个动作表示里面有戏，情况复杂，"您不知道，天中镇人不好惹！就齐光禄那个事儿，前前后后拉扯多少年，到现在都没掰扯清楚。"赵伟中连忙喝道："老四，别信口乱说！"

我想了一下，说："刘师傅，今天咱们就直奔天中镇！"刘师傅扭头看了一下赵伟中。赵伟中把前面摆着的"县人民政府"的牌子拿下来，扔在脚下，也没看我，叹了口气说："走吧！"

虽然咫尺之隔，可刘师傅说要绕一个多小时的路程才能到。我想起他和其他人跟我说起的齐光禄的事情，心里隐隐约约有一种不安。也不完全是因为今天赵伟中的表现，很多人说起这个事情，都是这样一种态度。也不是避讳什么，好像谁都想躲开里面的麻烦,害怕会缠上自己似的。事情已经过去十多年了,现在说起来还如此讳莫如深,那么在这个案件背后,还有多少鲜为人知的东西?

四

牛大坠子承包金豫宾馆的第三年,来了一个南方女子。开始她是来推销报纸杂志的,养生、口才、营销、厚黑学,什么都有。女子一来二去,跟牛总就对上眼了。牛总不拘一格降人才,把她留下来做销售经理。这个女子不寻常,在销售上确实有一套,见人说人话见鬼说鬼话,不管什么人见面就熟,只要见过一面,下次一口便能喊出人家的职务。再到后来,牛总是一步也离不开她,连自己的家都很少回了。

坠子的老婆也是天中镇人,在家就是个病秧子。身体弱的人,往往性格暴戾。有时候,坠子跟她说不了三句话,她就能拿头去撞墙。所以坠子平时也不敢招惹她,遇到什么事都是躲着让着。坠子当了老总之后,好话说尽,才把她和女儿搬进城里。屋漏偏遭连阴雨,坠子和那女子的传闻,不知怎么的就传到了她这里。她气不打一处来,抓不到坠子,逮住自己的女儿暴打了一顿。谁知坠子刚好回家来碰见,还没解释几句,母女俩合着伙歹毒他。女儿哭着怪他惹事,老婆拿着热水瓶朝他头上砸。他狼狈逃窜。老婆本来身子就弱，又遇到这事儿，气病交加，熬了不到一年就去世了。老婆死后，牛大坠子很快便跟这个女子结为夫妻。结了婚以后他才知道，女子还有一个儿子，比自己的女儿光荣小五岁。坠子心中暗喜，这是买一送一的好买卖，不费力气就儿女双全了。

坠子的女儿牛光荣长得既不像坠子那么肥硕，也不像他老婆那么柴，是个细皮嫩肉的美人坯子，个子细长，瓜子脸，一笑俩酒窝，羞怯中有一种质朴。娘还活着的时候，光荣已经寻到了对象，是自己谈的，只是年龄不到无法办结婚证。光荣的娘一死，光荣跟后娘之间像乌眼鸡似的，你琢我一口，我掐你一下，没个消停的时候。后来光荣索性搬到男方家去住了。再后来，光荣肚子里有了。男方的家长找到坠子，支支吾吾地把这事告诉他。坠子大手掌拍在老板台上，说，那还扭扭捏捏扯白什么啊？让他们俩先上车再补票不就得啦！

婚礼是在金豫宾馆办的。坠子本来就爱排场，当上经理之后结交的狗肉朋友又多，再加上双方驴尾巴吊棒槌的亲戚和镇上的乡亲，前后开了二百多桌。光荣的后娘盛装登场，浑身披挂得比继女都像新媳妇，在酒宴上撒着欢卖弄风骚。光荣看着她，当着人面笑也不是哭也不是，新仇旧恨窝成一肚子气，强撑一天，一口饭都没吃。

婚宴一直拉拉扯扯到晚上才结束，牛大坠子与亲家喝得昏天黑地。吃完喝完，一群晚辈闹哄哄地簇拥着小两口回去闹洞房。开始还算文明，交杯酒，咬苹果，亲嘴……闹着闹着就不像话了，一群人先把新郎围在中间"撞墙"，把新郎撞得筋疲力尽瘫软如泥，拱到床底下再也不爬出来。又开始折腾新娘，他们拉着她的胳膊腿往上抛，说是放冲天炮。一下，两下，三下……光荣一天水米没打牙，浑身连四两力气都没有，被他们抛来抛去，开始还能挺着身子，到最后浑身就像一块面团一样绵软无力。最后一抛，面团从众人的手中滑脱。光荣四仰八叉朝水泥地上重重地砸去，像一列脱轨的列车，失速撞向一个未知的黑洞。

五

齐光禄原来并不是本地人，老家是东北那旮瘩的，父亲是军工厂的老工人。二十世纪六七十年代，中国与苏联交恶，因为形势所迫，军工厂大部分迁往三线。他跟着父母来到了鄂豫皖交界的这个山旮旯里，初中没毕业，就回厂接了父亲的班，分到机修车间开叉车。父亲在喷漆车间工作半辈子，退休之前就干不动了，退下来不久就因肺癌去世。家里剩下他和母亲，还有一个患小儿麻痹症的小妹。

齐光禄先是开叉车搬运钢材的时候挤断了一条腿，虽然治疗得差不多，但是走快了还能看出来跛脚。后来又遇到企业军转民，很快他就下了岗，成了一名待业青年。当时政府为了维护社会稳定，给待业青年开了口子，鼓励他们自谋职业，并且在税收、经营场所等方面给予照顾。他就在县城一处居民区的小蔬菜市场里摆了个猪肉摊子。

猪肉摊子离牛大坠子住的楼也不远，隔半条街。按理说他跟坠子沾不上边儿。坠子开饭店当经理，家里吃的用的根本用不着从外头买。可是事有凑巧，有一次坠子下班回来得早，在菜市场下车。他看见齐光禄卖肉的时候，把半扇猪吊在横梁上，谁来买肉他就拿刀过去砍一块，不是多了就是少了，而且肉切下来卖相很难看。坠子一时技痒，快步过去，把猪从梁上卸下来横在案子上，横着剁五刀，竖着剁了三刀，整整齐齐一十五块猪肉码在案子上，煞是好看。

他把刀递给齐光禄说，要想卖好肉，先去换把好刀来！

齐光禄看得傻了，半天才缓过劲来，连忙递上烟，忙不迭地喊师父。坠子把烟叼在嘴角，示意齐光禄点上，舒舒服服地吐了一口烟。齐光禄说，师父……坠子也不答话，哼着小曲走了。

旁边的人告诉齐光禄说，你今天算是走鸿运了。这个人你不知道是谁吧?他就是牛大坠子啊!

从此,每次看见坠子回来,齐光禄离老远就打招呼,俩人慢慢熟络起来。女儿光荣结婚的时候,坠子也请了齐光禄去喝喜酒。齐光禄手也不小,封了一百块钱,还添了一床当时算是奢侈品的鸭绒被子。

那天牛光荣被摔到地上,齐光禄就站在旁边。坠子虽然喝得醉醺醺的,可非要坚持把他亲家送回家。齐光禄怕他有什么闪失,也跟着过来了。光荣这一下摔得真是不轻,当时就昏迷不醒,躺在地上动都没动一下。后来大家七手八脚把她抬起来,赶紧往医院送。肚子里的孩子没保住,光荣也昏睡了四十多天。光荣的婆家在她入院的时候交了两千块钱押金,后来再也不露面了。牛大坠子去找他们理论,婆家说,他们俩又没登记结婚,这婚姻不受法律保护。人是你们家的人,我们又没动她一指头,凭什么该我们管?

坠子气得回家喝了一斤二锅头,跳起脚在屋子里大骂,可是于事无补,毕竟他没能力拿住人家。让他万万没想到的是,这才是他倒霉的开始,要不怎么都说祸不单行呢!饭店五年的承包期到了,他要跟商管委续签合同。商管委的头儿说,你来得正好,省我们跑一趟冤枉路。赶紧交钥匙吧,这宾馆我们已经包给别人了!坠子一听如被雷击,站在门口跟人家嚷嚷道,金豫宾馆的门楼子没塌下来,到现在还这么红火,都是我牛大坠子一铲子一铲子炒出来的!你们把我一脚踢开,这不是卸磨杀驴吗?还讲不讲理?头儿说,我们不能讲理,只能讲法!现在是法制社会——简直跟光荣婆家一个口气——他急得跳脚撒泼,指着头儿说,我一把火把宾馆给你们点了,看你们还跟我讲法不讲!头儿根本没搭理他,从兜里摸出一个打火机,扔给他。看他没动静,又摸出一个,扔给他扭头走了。

一整天,他眼里心里净是打火机。晚上回来又灌了一斤二锅头,哭着骂道,这是什么鬼世道儿?对你们不利的事儿,你们就跟我讲理。对你们有利的事儿,你们就跟我讲法啊!

骂归骂,现实还要面对,末了还得乖乖听话。钥匙交了,车子也交了。当天晚上,他把齐光禄喊过来,两个人一人一瓶"汝水白干"酒头对着吹。悲愤指数升高,酒的度数也要跟着升,七十三度,一点水都没掺。喝到七八成熟,他从桌子底下拽出一个红木匣子。打开来看,里面是一个明黄色布包,搭眼一看就知道不是凡常人家的用品。坠子把黄布包小心翼翼地取出来摆在桌子上,轻轻打开。齐光禄只见寒光一闪,一阵凉风穿心而过。那把刀便顺在坠子手里。坠子放在眼前看了半天,双手捧着递给齐光禄。齐光禄接过来细细地看了,暗暗叫绝,真是一把好刀!青脊白肚,背厚刃薄,像一条鳞光闪闪的青鱼。在刀柄与刀身的结合处,刻着两行非常不起眼的小字:関孫六。大日本明治二十七年製。

六

那天我们去天中镇并没有遇到什么麻烦。为了防止意外,开始我们没到镇子里去,而是沿着河堤,一直走到县城对面的码头上。镇上的书记镇长已经接到通知,带着一干人在河堤上列队迎接我们。简单寒暄几句,我们顺着河堤上的一条小路往下走。我从来没这么近距离地走近过这条河,来到河边我才发现,从这边看县城,简直是近在咫尺,好像伸手就可以碰到对面河岸的柳叶。

河边是一个两岸人员来往摆渡用的小码头。离码头不远,几个船工模样的人围着一个用砖头水泥垒起来的小桌坐在河边喝茶。看见我们过来,他们只拿眼睛斜楞着,没有一个人站起来。我回头问镇上的书记:"在这里干几年了?"书记说:"过来快半年了。"怪不得老百姓都不认识他。他说着看了一下赵伟中,迟疑了一下,又补充说:"谁在这个镇子上干,也不会超过两年。"我问:"为什么?"书记笑了一下,说:"地球人都知道为什么。赵县长,很快您就知道为什么了。"

听他那语气,我心里咯噔一下,莫非又是因为齐光禄?

看完现场，我们正准备往回走。刘师傅问那几个人："坠子他小老婆现在干吗呢？"其中一个面皮青黑的中年人说："不还是该干吗干吗！"又反问道："你认识坠子他老婆啊？"刘师傅走过去，给他们每人散了一根烟，说："不认识牛大坠子的老婆，不是在这里白混了吗？"一群人听罢此言，你看看我，我看看你。我觉得似乎刘师傅这话说得不是很合适，空气有点紧张。一个人问刘师傅："你们是政府的吧？"刘师傅未置可否。那人又道："别看了，赶紧回去吧！我还没结婚，你们就在这看来看去。现在我儿子都结婚了，你们连一块砖头都没埋下。"刘师傅跟他玩笑道："吸人家的嘴短！你再乱说我让你赔我烟！"大伙儿一阵哄堂大笑。我感觉到现场情绪明显松动了很多。

晚上，我们在镇政府吃饭。赵伟中特别安排不在外面吃，就在他们的机关小食堂里。饭菜很有特色，都是当地土里刨的、河里捞的特产。开始大家都还很拘谨，按套路敬酒。酒过三巡，我站了起来，先用茶杯倒了一杯酒，准备一口干了。赵伟中见状赶紧夺过去，说："赵县长，您这是办我的难堪！下面这酒要怎么喝，您只管吩咐就是了！"

我说："我吩咐算吗？算了，我还是喝了吧！不然我这个挂职副县长，说什么都没人听！"我话音刚落地，赵伟中仰脖子把一茶杯酒喝了。书记镇长也赶忙站起来，学他的样子，一人喝了一茶杯。三个人都拿眼看着我,也不说话。我拿过杯子,又倒了三分之一,说:"这是我这一辈子第一次喝这么多,我相信也是最后一次喝这么多。不管我在这里,还是离开,我仅仅是女作家赵芫,而不是一个副县长或者其他什么。如果你们觉得我还像那么回事儿,今天咱们就放开喝酒,放开说话。我希望好好听听你们天中镇,听听牛大坠子,听听齐光禄和牛光荣!"

"好好好!"他们一边说一边每人又倒了一杯喝下去。谁知几杯酒下肚,话都多得控制不住,七嘴八舌地胡乱插话,一会儿就搅和成了一锅粥。我的头也晕得像坐海轮,忍无可忍地坐在那里,到末了也没听明白他们说的什么。

七

坠子被解职之后,在家待了有半年多时间,一直等到把光荣从医院接了回来。说是痊愈了,其实只是保住一条命,根本没有得到很好的治疗。刚回来那一段时间,跟个傻子差不多,既认不清人,也说不成话。养了一段时间,虽然有了很大改善,但跟正常人还不一样。说话非常不清楚,还经常不自觉地流口水。自己坐在那里,总是忍不住笑。问她以前的事情,婚礼之前一直到闹洞房她都记得清清楚楚。可是自那之后,包括现在的很多事情,她有的能记得,有的一点都记不得。不过,从外表看起来她还跟个正常人差不多，依然那么漂亮，而且家里的活计一点都不少干。

坠子新娶的小老婆经过这两件事，倒也安分平和了不少，对待光荣也不似过去那般刻薄了，有时候看见光荣忙不过来或者有什么不方便，她也主动上前帮忙。仔细说来，过去俩人掐架也不光是后妈的责任，按她自己的说法，她有追求幸福的权利。这话也不无道理，平心而论，她只是跟追求自己的男人结婚，何罪之有？

饭店开不成了，坠子老婆在家休息了一段时间，又捡起了自己的老本行，帮人家推销报纸杂志办公用品，每个月都有进项贴补家用。倒是坠子干了这几年经理，心大了，野了，手也软了，再也捏不住刀把勺子柄了。光荣回家，他就开始跟着开饭店时结交的一个大老板跑业务。据说这个大老板很有后台，在北京凯宾斯基饭店包了一层楼，全国各地都有分公司。谁也说不清楚坠子到底跑的是什么，但见他每天进进出出，西装革履，掂着一个黑亮的大提包，忙得连喘气的工夫都没有。那时候物资短缺，而且每个机关单位都要办企业，所以皮包公司满天飞。江湖上都传说他根子硬，门路广，见过大世面，按当地的话说"是吃过大盘荆芥的人"。而他也从不隐讳自己的能耐，手里不是有一百吨钢材，就是有海关处理的走私电视机，"都是人家小日本生产的，塑料纸都没揭掉"，他对追在屁股后面的人说。生意做没做成没人说得清楚，反正看他的身材，肯定是每天都落个肚儿圆，还常常车接车送，前呼后拥，煞是风光。

后来，各地政府都有了招商引资任务，他按照大老板的安排，摇身一变成了外商投资的代理人。大项目多得没办法，眼睁睁看着他把皮包磨坏了好几个。皮包里除了合同、委托书，还有他跟各地领导的合影。最高级别的领导是某个省的党外副省长，据说这个副省长的父亲是黄埔军校四期的高才生，和林彪、刘志丹他们同是老三连的同学。"我们都是名门之后啊！"他拉着党外副省长的手这样说的时候，眼圈有点湿润，但也不全是装出来的。"要是你在沿海当省长分管招商引资，我可以帮你办成一件大事。遗憾！真是遗憾！"他一边摇着头，一边从提包里掏出一沓子花花绿绿的文件，是旅欧黄埔同学会的投资委托书，"他们想搞一个海水淡化项目，建成之后可以从根本上解决华北地区的缺水问题。可惜咱们这里是内陆，不靠海，我也帮不了您这个大忙！"

坊间关于坠子类似的传说很多。还有人造谣说，坠子事先知道副省长接见后，专门查阅了副省长的出身，然后自己去打印了这份委托书。但是，这样的说法明显缺乏其他证据支持，不足采信。况且还有那么大一个后台，一个副省长算什么呢？

全国各地招商引资的虚热症冷下去之后,坠子的门庭也冷落了一段时间。后来大老板又为他开辟了新的生财之道,但是已经不面对政府,而是面对企业和个人了——不是承包了一段高速公路,就是发现了一个稀土矿,现在只缺前期启动资金了。有一次,他喝得醉醺醺的,来找睡在肉铺子里的齐光禄。他坐在齐光禄的床头,从提包里掏出一沓子夹杂各种文字的复印材料,说是一份非常非常重要的合同。他的大老板,全家已经移民加拿大了,记念着与坠子的老交情,专门从国外回来找他,想帮助他先富起来。大老板与美国波音公司签订了五百套生产机舱门的供货协议,现在就差三万元启动资金了。坠子想让齐光禄"帮忙垫一脚,先登上去再说"。

"不管是机舱门还是机枪门,看在你过去看得起我的分儿上,这只三万块钱的脚,我先给你垫上,"齐光禄披衣坐在床上,上半身靠着墙,肋骨一根根地起伏着,"可是,你拿什么担保呢?"

"光荣嘛!"坠子知道齐光禄痒在什么地方,他眼里燃着一把贼亮的火,眼珠油汪汪地转动着,"我拿光荣担保可以吧?"

齐光禄一脚把被子、合同和提包蹬到地上,跳下床来,一只手提着快滑脱的大裤衩子,一只手点着牛大坠子说:"你们家就光荣还值点钱!"

八

县城通往天中镇的新大桥开工并没有依惯例举行典礼，施工队悄悄进入了工地。县政府专门成立了一个"大桥建设指挥部"，我任指挥长，县公安局一名分管治安的副局长任副指挥长。后来我才弄明白，这样安排是为了好临时调动警力应付突发事件。用"突发事件"这个词，听起来怪瘆人的，其实就是指群众上访、围堵县领导、阻挠施工什么的。

在县政府常务会议上，当讨论到我这个项目时，除了主持会议的县长讲了几句话，其他没一个人发言。按理说这是一个重点项目，既关乎群众的切身利益，又有非常大的投资，应该由一个有实权的副县长当指挥长。可是在会议上，没一个副县长主动揽这个活儿。县长问，这个项目怎么办？怎么办？大家的目光唰一下都打在我身上，好像这个项目是我认领的一个孤儿，就该我负责。我看了一圈没人表态，便说，这个指挥长我来担任！好好好！一圈人用侥幸的、因为卸下担子而松了一口气的态度看着我。

会议结束后，我刚回到自己的办公室坐下，副主任赵伟中就跟着过来了。我问他："天中镇的事情到底有多大麻烦，大家都这么回避它？"他说："多大麻烦啊？都是吓怕了！赵县，别看您平时不吭气，关键时候真能拿出来！不过，"他拉了一把凳子坐到我对面，"您来干这个事情，未必是坏事。其一，您是女同志，人家老百姓也不会真去为难您。这里虽然民风彪悍，但是不跟女同志较劲儿。其二，您是下来挂职的，能干则干，不能干则走，谁能怎么您啊？其三，最危险的地方，其实最安全……""好了！我脑子里哪会有这么多弯儿？我问的不是这个，我问的是，这个天中镇，还有这个齐光禄什么的，到底有多大问题在里面？"

"我跟您说说有多大问题吧！"他拿起我面前的记事簿，用笔在上面划拉着，"我光说结果吧，您看看麻不麻烦？因为这件事，撤了公安局的局长、政委，一名派出所所长被'双开'后，又被当事人砍了五十多刀，剁成一堆排骨，死了！两名警察被免职，一直挂到现在，还没给人家个说法。这还不算，还有哪！县政府先后有五位分管信访的副县长受到了行政处分。到现在为止，这个案件还是国家信访局专门督办的重点案件。"

"这案件跟副县长有什么关系？"我问他。

"您来这么久了，这个您应该知道啊！"他对我问这个问题非常吃惊，"您没看，分管安全和信访的副县长都是一年一轮换。谁管这项工作的时候，只要下面出了问题，分管领导都要负连带责任，跟着受处理。您比如吧，前年，安徽省的一辆客车和湖北省的一辆货车在咱们县境内撞上了,死了十几个人。您说这事儿跟咱们县有什么关系啊?到末了,不是还要处理咱们的县领导?郑副县长背了个处分。对了,那天天中镇的书记说,没有一个书记在这个镇干足过两年,也是这个道理——害怕群众上访,受牵连!"

我好像有点明白,但也不是真正地明白。

下午,我既没带赵伟中,也没带秘书,让刘师傅开车去了工地。到了工地上才发现,那里秩序非常正常。工人们正在整理场地,搭建帐篷,各种机械设备也正在忙碌着。几个船工还在那儿喝茶,看见刘师傅过来,他们老远就打招呼,喊着政府政府,过来喝碗茶!

没等刘师傅搭腔,我径直快步走过去。到了他们跟前,便像背书似的主动自我介绍说,我叫赵芫,是个作家,其实也就是个讲故事的。省里把我下派到这个县挂职当副县长。现在我又有了一个新职务,是建设咱这个大桥的指挥长。今后我要经常来这里。不过我也是边学边干,有什么不懂的地方,希望大家多指点!

我双手合十,向他们鞠了一躬。

他们几个一下愣了,呆呆地看着我,忽然都站了起来。一个老者说:"赵县长,坐坐坐!您的事儿我们都听说了,这座桥就是您跑下来的！修桥铺路可是积德行善的事儿，咱们老百姓什么时候都不会忘了您！"

我坐了下来，这才发现两条腿都是哆嗦的。其实从下车的那一刻起，心里就紧张得要命，害怕遇到"突发事件"。这么一段时间以来，周围人营造的紧张气氛紧紧地压迫着我。刚才的镇定都是装出来的，现在更是感觉到虚脱得厉害。我把他们都让坐下，转身跟刘师傅要了一盒烟，一边在心里数着"一二三四"让自己平静下来，一边控制着发抖的手把烟盒打开给他们分烟。其实我发现他们比我还紧张，也许不是紧张，是过分吃惊吧。看着我递给他们的烟，他们把手心手背在衣服上反复擦了好几遍，才伸着粗糙的双手接烟，并用羊一样潮湿而温良的眼睛歉疚地看着我。那时候，我觉得自己分裂成为两个人，一个忧虑万端地坐在他们中间，像一个被缚的飞蛾，在投入与逃脱之间痛苦地挣扎。一个脱身而出，站在我身边——不仅仅站在河边，而且是站在心灵的深处——静静地打量着我。说不上来什么原因，我有一种越来越委屈，也越来越别扭的感觉，真想痛痛快快地放声一大哭。

九

牛大坠子红火的时候，尽管牛光荣落个那样的结局，齐光禄也没敢打过她的主意。在这个县城里，毕竟他只是个做小生意的外地人，手里没几个钱，背后也没什么人，而且还是个残废。坠子家道中落以后，他托了一个人让他说合说合他和光荣的事。这人先是找到坠子。坠子倒是一点都没犹豫，二话没说就点头同意了。可是说给光荣的时候，她只是摇头，也不吭气，一副决然的样子。

现在，她同不同意，已经无关大局了。只要坠子同意，只要坠子接了他的钱，什么事儿都得他齐光禄说了算。齐光禄恨恨地想。

要说他的恨也没有来由，不管他对牛大坠子怎么样，人家牛光荣也不欠他什么。况且这婚姻大事本来就是你情我愿，无论如何也勉强不得。可他不这样认为，他觉得牛光荣压根儿就看不起他。他把钱给了坠子没几天，就去找牛光荣。牛光荣见他进来，转身进里屋把门给锁了，把他撇在客厅里，走也不是，留也不是。牛光荣的弟弟坐在一个角落里抄写着什么，扭头看看他，连个招呼都没打。这孩子已经长成个大人了，一点礼貌都没有。他站了一会儿，觉得没趣极了，摔上门就出来了。

妈的！我是个残废，你不也是个残废嘛！还跟我穷装什么大头蒜哪！他站在楼下，看着楼上，羞愤交加。

又过了几天，他趁坠子没外出，买了三张戏票交给坠子，是省戏剧团的拿手戏《双玉簪》。坠子知道他的意思，晚上好说歹说把老婆儿子拉出去海吃了一顿，然后带着他们去看戏，撇下光荣在家里看家。夜幕降临，家家户户边看新闻边吃晚饭，正是热闹的时候。齐光禄敲开牛光荣的门，这次没给她躲开的机会，像老鹰抓小鸡一样把她按倒在地，然后提溜到光荣的床上，剥光了她的衣服。他翻身压在牛光荣白花花的身上，定睛一看光荣的身子下边，心里不禁一阵发酸。床上的被子还是结婚时他送给她的那床鸭绒被。不管对她有多大恼怒，这样欺负她，是有点过头了。但是，他只是迟疑了半秒钟，一种更野的想法霸占了他：如果这时候不做一回男人，他将永远不会是男人了！

很快俩人就成了婚。本来齐光禄想办个婚礼，坠子也同意，但牛光荣死活不同意。最后，两家人在一起不冷不热地吃了顿饭，就算结婚了。

齐光禄婚后没地方去，就住在牛光荣家。日子虽然平淡，过得倒也扎实。光荣在家洗衣做饭，齐光禄天天还是去市场上卖肉。据说这个市场很快就要搬迁了，县里创建文明城市，所有的马路市场要一律取缔。城东边新建的菜市场开张以后，这边的生意明显不行了，有时候两天还卖不完一只猪。齐光禄也正打算搬到新市场去。

有一次他早早收摊回来,看见牛光荣和弟弟一丝不挂地躺在床上。他和光荣,两个人都不意外,也没吃惊,只是互相看了看。他退回到客厅里坐下,招呼他们两个穿好衣服过来。他们过来后,齐光禄平静地说:"牛光荣,我知道你忘不了那个男人,也知道你是想方设法报复我。所有这一切,我都一清二楚!但是,如果你还有一点记忆力的话,你弟弟也不是你这一段时间找的唯一一个男人。"他递给弟弟一根烟。弟弟看了看他,哆哆嗦嗦接了过去。他打着火给弟弟点上,然后自己点着。"这些,我都可以不管。但是,我跟你撂明白了,为了你爹,也为了你,当然也为了我,希望你老老实实给我生一个儿子。这是我唯一的要求!我们家几代单传,不能到我这里断了香火!否则——"他把烟在桌子上摁灭,手按在烟蒂上一直没松开,直到闻到一股桌布被烧焦的臭味,"你可别说我不君子!我相信你也听说过东北人的脾性,而且还是个曾经造过武器弹药的东北人!"

光荣听了这番话愣住了,盯着齐光禄的脸看了一会儿,眼泪突然流了出来。她已经记不得什么时候曾经哭过了。

这事过了没几天,齐光禄就把肉摊子搬进了新市场。他租了两个店面,签了十年期的合同。他有自己的打算,他不能让未来的儿子再这么穷下去。他要让儿子一生下来就有房子,有脸面。他得扩大经营规模,把生意一步一步做大。

牛光荣主动提出来,自己在家闲着没事,还不如跟着他出来打打下手。齐光禄迟疑了一下,说,把你弟弟也带上吧,这样我们就不用雇人了。

街坊邻居看到光荣的情形一天好似一天,话多了,说得也清楚了,有时候一天下楼好几趟,过去她很少出门。早上吃过饭,他们三个肩扛手提,一起往市场走去。光荣走在中间,齐光禄和弟弟一边一个。三个人边走边说,偶尔说点什么高兴事儿,光荣还会哧哧地笑个不停,肩膀抖得东倒西歪的。

十

那天我与几个船工师傅聊得甚是愉快。在他们的回忆里,沉没在岁月深处的某些东西慢慢显影了。那些影像虽然已经泛黄,模糊得像沉在水底,但已经被赋予了生命,在我心里慢慢鲜活起来。

他们嘴里的牛大坠子,是一个难得的好人。"像他这么好的富人已经绝种了,真是绝种了!"刚才跟我说话的那个老者摇着头对我说。我很吃惊,一般像他这样年龄的人,说话应该不会这么凌厉了。"只要他有一口饭吃,就不会让我们饿肚子。他自己宁愿啃窝头,也得让乡亲吃饱。为什么这个镇子里出去这多人,光将军就十几个,有的人门槛不管多高,从来都没人踩过?他家天天跟过年一样,都是咱镇里的人。有一次我孩子患绞肠痧,疼得受不了,半夜去找他。他披着衣服就领着我往医院跑,所有花费没让我掏一分。"

还有一个船工回忆了另外一件事,那时候坠子还没当老总,他为孩子分配的事情去找坠子。女儿大学毕业,想留在县城教书,托不到合适的人,最后找到了坠子。坠子说,你谁也别找了,就在家等信儿吧!不久女儿分到了县直二中。"后来听他们说,最少得花一个数,"他在我面前晃动着伸不直的食指,"您想想,那时候一个数现在值多少?我就是把全身零件都拆下卖完,也不值这个数!所以现在每到清明,我先去给他烧炷香,再去祭拜父母。人不能忘恩!"

有人对齐光禄的评价很有意思:"是个汉子,就是太拗,他认准的事儿,你就别想扳过来。不过,咱得承认出手太重了!把人撂倒正好,仇也报了,气也消了,两不找,您看多合适是不是?嗐!这个倔种,何必再砍那么多刀?明明是咱们有理的事儿,这几十刀剁下去,让人家看起来好像咱们就是杀人不眨眼。你这样,人家判的时候,咱们就吃大亏了不是?"话说得好像跟齐光禄是同案似的。

有人附和道:"赵县长,您得评评这理儿。虽然国家大法说杀人抵命，但也得考虑齐家的情况不是？齐光禄他爹的尸骨都找不到了，他又是单传，没有个后代，把他枪毙了不是让人家齐家断后吗？"

我们第一次来见到的那个黑青脸汉子不同意他们的看法。他认为："那个派出所所长，杀他一百次都不亏。他干的就不是人事儿！光荣那闺女，见人不笑不说话，很知道跟老家人亲。他说毁就给毁了？咱三千多口天中镇人会答应不？不过话说回来，这公安上就没几个好东西，都剁碎了也不解恨！"

趁他去旁边提开水瓶，有人小声提醒我说，他儿子因为赌博，抓进去过好几次。

我想引导他们回忆一下，牛光荣没进城的时候在老家是什么样子。我总觉得在周围人的陈述里，她的形象是那么稀薄，像个符号，连喜怒哀乐都那么不真实。

他们只是说这个闺女好，真是太好了，但是连一件具体事也说不上来。她不大跟别的孩子玩儿。在学校也没听说成绩有多好。"她娘很厉害，除了上学，就不让孩子出门。打孩子手也狠，有时候满街筒子撵着打她。平时这孩子看见人就躲老远。"

我想想，他们刚说了牛光荣见人不笑不说话，怎么又这样躲着人？忍不住想提醒他们，后来看看大家都没在意，就算了。已经过去那么多年了，有些细节哪能记那么准？不过我又非常纠结,整个事件不都是靠细节串联起来的吗?

"光荣这个弟弟是个好样的,跟光荣比亲弟弟都亲!"一个船工说,"光荣她两口子出事之后,她弟弟带着母亲回咱们镇上就住下不走了。他在十字街口当街跪下,说,从今往后,我生是天中的人,死是天中的鬼!要是不给姐姐姐夫报仇,大家就把我当成个畜生踩成肉泥,扔河里喂鳖!就这一点,我看比坠子还有血性!人家一个七不沾八不连的外人都这样对待坠子一家人,您说我们不跟着他们去讨个说法,还是天中的人吗?"

我想象着那个情景,在蒙蒙细雨里,一个单薄而苍白的少年跪在十字街口,紧握双拳,心里默念着为亲人复仇。简直就是美国西部片的一个经典桥段。

他们几乎异口同声地说,老百姓之所以闹事,是政府处理这个事件太没道理。不公平,也不能服众。当初公安抓牛光荣,逼迫她要么承认齐光禄强奸她,要么承认她自己卖淫,必须二选一。最后光荣忍辱承认自己是卖淫,被劳教了小半年。这边光荣才出来,那边齐光禄又被抓进去了。公安怎么能出尔反尔?听说后来的那个公安局局长,跟齐光禄杀的所长是老朋友了。这不明显是报复老百姓吗?光荣除了以死相拼,还有什么活路?我们不去跟着上访,把这老理儿给捋直了,还靠什么报答人家坠子?

十一

齐光禄他们的店面位置并不是很好，处于菜市场中间部位。新建的市场横穿半个城区，从东到西走一趟差不多要半个小时，所以除了闲得没事干的人，很少有买菜的到中间这个位置来。好在齐光禄有这么多年的销售经验，知道薄利多销，酒香不怕巷子深的道理，卖出的猪肉质量高，价钱也公道，生意还能勉强维持下去。而他两边的商户，有的关门，有的则改成加工作坊了。

后来发生的一件事既改变了他的生意，也改变了他的人生。县政府基于创建卫生城市的需要，决定对老城棚户区进行改造，这样就需要开出一条新路纵穿市场。齐光禄的店面正位于新开出的道路旁边，临着两条大街，从鸡肋变成了寸土寸金的黄金地段。

果然，道路打通以后，他们的生意好得不得了。牛大坠子听说之后，还带着光荣的后妈专门来看了一趟。坠子背着手，边看边点头，他看见肉案上是一把普通刀，问齐光禄："怎么用这么小的刀！我给你的那把大刀呢？"齐光禄说："大猪用大刀，小猪用小刀。现在还没碰见那么大猪。"坠子哈哈笑了，说，操练操练，我看你手段如何？齐光禄扛过来半扇猪平放在案子上,横着五刀,竖着三刀,一十五块猪肉码在案子上甚是齐整。"好!"坠子左右挥着肉乎乎的大手,"今后啊,你们以这个为根据地,可以搞几家连锁店。一旦成气候了,咱就建设自己的肉联厂,养猪场,冷冻厂。至于投资嘛……"后妈打断他的话,说,这么好的位置光卖猪肉真是太可惜了,建议他们增加牛羊肉,再搞深加工,做一些熟食、腊制品和肉馅之类的产品,也可以附带卖一些煮肉的大料,调味品之类,这样人家来的时候就不止买一样东西。既方便了顾客,也扩大了经营。

坠子说,就是!我就是这个意思嘛!

于是他们又雇了两个人,专门负责进货和加工熟食制品。齐光禄和弟弟在店内各负责一头。光荣负责收银,打理铺面。两间小店收拾得干干净净,温温馨馨,很有居家的感觉。光荣把生、熟、腊制品分成一个个大格子,像公用电话隔间那样隔开,一来看着好看,二来也方便顾客拣选,互不影响。两间房子的接合处是一根支撑梁,光荣让弟弟靠着梁柱摆了一个小茶几,两边摆了几把小凳子。茶几上摆着应时的茶饮,夏天是甘草二花,清凉解暑。冬天是枸杞黄芪,补气去浊。街坊邻居的大叔大婶买了菜,可以坐下来歇歇腿脚,聊会儿大天。还有些耐不住寂寞的老人,专门到这里来找人摆龙门阵,一坐就是大半天,外人看起来这里一天到晚都是热热闹闹的。这里还是保姆们接头的地方，一说到哪里碰头，便说十字街肉店。有的保姆想办点私事，也会把孩子托付给光荣。

光荣已经基本痊愈了，这一两年的时间里她的病没再复发过。说话没障碍了，现在还喜欢上了唱歌。柜台里摆着一个小音响，一天到晚播放着流行歌曲。有什么新歌，那些保姆会主动给她送过来。顾客少的时候，她们还会叽叽喳喳跟着唱一阵子。有一次，一家企业为了宣传自己的产品，在老体育场搞了一次卡拉OK大赛。光荣在弟弟的撺掇下，斗胆上去唱了一出。虽然没有获奖，还是让她兴奋了好长一段时间。

那天傍晚，他们正准备收拾东西打烊，一个戴金丝边眼镜的白面书生走了过来。他一脚门里，一脚门外就开始问："谁是当家的？"齐光禄赶紧迎上去让座，递烟倒茶。那人先低头看了看凳子，然后又上上下下把齐光禄看了个遍，并没坐下来。他从兜里掏出一张名片递给齐光禄，哑着嗓子低声说："小事儿，站着就说完了——这是我的名片。"齐光禄接过来看了，是县天宇电脑公司的经理，叫张鹤天。齐光禄一脸迷茫地看着张经理，他们的生意跟电脑怎么都扯不上关系。张经理见他诧异，用中指推了推鼻梁上的眼镜，还是压低声音不紧不慢地说："是这样的，电脑生意我做烦了，想改一下行。看你这里生意不错，你开个价，我想把这个铺子盘下来。"

齐光禄的迷茫变成了惊愕,他张着嘴半天合不上,扭头看了一下光荣和弟弟。他们两个还在埋头收拾柜台里的东西,没听见他们在说什么。他又扭头看了一下大街上。街上车水马龙,市声喧嚣,丝毫没受他们谈话的影响。齐光禄下意识地咽了一口唾沫,说:"我可是签了十年的合同……"白面书生没等他说完,提高声音说:"合同是人签的,人也可以废!这事儿就这样吧,我还有事!一星期后我来接房子!"说罢扬长而去。

后面这句话光荣和弟弟听到了,他们停下手里的活儿,疑惑地看着齐光禄,不知道刚才发生了什么。

十二

天中县的县域图看起来非常有意思,像个顽皮的孩子,细长的身子弯曲着,头插在淮河里,顶着安徽。脚踩着大别山,蹬着湖北。屁股坐在平原上,拱着河南。不过,可不能小看她怀抱着的三条大河,条条都有说不完的故事,开国将军有一小半都是从这里蹚水杀出去的——这里是著名的鄂豫皖红色根据地,过去属于古中原的版图,人民一直到现在还保守着我远古先民的遗风,性情彪悍,宁折不弯,认准的道儿一直走到黑,到死都不会改辙儿。据说周围几个县的暴力犯罪案件,按人口比例算,在全国都是最高的。这里的人性情暴烈,风景却是非常柔美，天蓝水清，一年至少有三百六十六天空气质量可以达到优良。

头天晚上学弟给我打电话，说要过来看看项目进展情况。我说，看项目是假，看风景是真吧？他笑了。我又说，不管别的项目是真是假，你姐可是从来不含糊的。然后，我问他过来之后怎么安排。他说："公事公办，私事私办。我这一条小命喝醉之前交给党，喝醉之后交给我姐你。既然你说看风景，那我也不能枉担这个罪名。"

听说他过来了，书记县长都放下所有的工作陪他。虽然学弟职务不高，只是一个小小的副处长，但他是具体负责项目的，所以下面的人都很抬举。

说是看项目，其实大家都明白是怎么回事。基层对上面检查都有一套应对的程序，也知道所有的检查都是准备的时间长，看的时间短，只要把面子活做好看就行了。这个项目我专门安排赵伟中不能搞形式，是什么样就什么样。可书记县长知道后，连夜让办公室发了通知，要求提前把工地整理好，插上彩旗标语，看起来要热火朝天。

学弟过来后，我们一群人浩浩荡荡地从县城这边上了河堤，看了不到十分钟就下来了。学弟很满意。书记县长用赞许的眼光看着我，松了一口气。这么大一个工程，他们俩都是第一次来现场。

中午四大班子一把手全部出动宴请学弟。他喝了不少酒，但是看起来还很清醒。程序走完，时间也差不多了。他开始踩刹车，说，今天的公事到此为止，剩下的时间由我姐安排，你们都不要管了！

下午我安排学弟上大别山喝茶。那里远离尘嚣，是个说话休息的好地方，也知道他疲累的身心需要充充电。出了县城往南不远便是山区，我只带了秘书和司机，没让赵伟中跟着，主要是顾忌他的小聪明会让学弟嘲笑。学弟也只带了一个司机，路上他坐我的车，让司机在后面跟着。走到山脚下，发现还有一辆车等着我们。学弟说，站在车旁的人是在邻县挂职当副县长的一个校友，叫周友邦。我想起来了，刚下来挂职的时候，曾经与他通过几次电话，但是没见过面。

上得山来，心情大好。大别山绝对是一个天然氧吧，周围几个县解放前穷，解放后还穷，都是国家级贫困县。县里没什么工业，所以也没有污染。这些年山上种茶，老百姓刚刚过上了好日子。县政府在山上建了一座宾馆，条件达到四星级，专门用来接待上面的领导。

坐在山顶茶室，举目四望，可以看到鄂豫皖三个省的地界。斜阳夕照，山下红顶白墙的农舍历历在目，一时间似有恍若隔世之感。我们喝茶聊天，信马由缰。在省城的时候我就很喜欢这个学弟，他知分寸，懂进退，敏感和聪慧好像是与生俱来的，不管大小场合都能应付得滴水不漏，而且从来不让人感觉到不舒服。他有时世故得令人不可思议，据说有一次他们单位搞年终测评，一百八十多号人，有他一张反对票。他硬是用了半年多时间，把这个人筛出来，俩人后来成为朋友。然而他又很善良，对下面跑项目的人不但从来不刁难，而且想尽办法帮人家把事弄成。但他也相当圆滑，有一个县的书记好大喜功，学弟给了他几个项目，都做得不伦不类。后来他再来要项目，学弟把项目库的大门关得严丝合缝，一个都不给。不过，每次他走的时候，学弟总是亲自下楼把他送到车上，握着手不松开。书记说，处长，你只要一握我的手，我就知道这事儿又黄了。今年你已经跟我握八次手了，我连项目毛都没看见！

学弟在车旁点头赔不是，说，下次再说！下次再说！

喝茶的时候，我和周友邦一屉一斗地抖搂他这些糗事。他只是抿着嘴笑，并不答言。后来说着说着，我怎么不自觉地扯到了牛大坠子一家人身上。可能最近一个时期这些事情一直在纠缠我，让我脱不开身。前几天我还做了一个梦，梦见我带着牛光荣去看病。飞机开始说去上海，怎么走着走着又说去新加坡。在穿越马六甲的时候，遇到了强大的气流。飞机掉头往下落，好像有一股力量拽着。我听见有人高喊着下去了下去了！扭头一看，不见了牛光荣，我吓得出了一身冷汗。

我的故事还没怎么开始，周友邦就说："你说这个事情我也知道，据说那一家人很不好惹。到现在你们县屁股还没擦干净，每次市里开信访稳定会，总是点名批评你们。""这家人不好惹？"在县里，从来还没人这样说过，"怎么个不好惹法？""据说这家人，父亲是个骗子，还是当地一霸。听说有一次差点把县政府的宾馆给点了。女儿女婿谁也不管谁，都在外面瞎胡混。只是可惜了被杀的那个派出所所长，死得有点太冤枉了！"我很惊诧，学弟好像知道得比我还详细，"说实话，我们也常常在一起议论，因为这个案件处理的几个干警和县领导，不合理。反正只要老百姓闹事，不管他们有没有理，先把我们的干部处理了，把群众的情绪压下去再说！没下来挂职之前，我还真不知道基层干部这么苦、这么难！"

不知道这是我听说的第几个版本了，但我认为是最不靠谱的一个。我问他是从哪里听来的。他说："我们县有好几个干部，是这个派出所所长的同学，对他的评价都相当高。每当他的忌日，同学都去看望他父母和留下的一个女儿。对了，你们县当时处理的那个公安局局长，就是从我们县调过去的。他也是个人才，可惜了！"

"你这是道听途说,不了解真实的案情,"我满有把握地说,其实说完就知道自己用词不当,难道我的信息不也是道听途说?"你真不知道这一家人有多可怜!"

"那是!那是!"周友邦摇晃着杯子,看着杯中的茶叶在水中翻滚,"听来的东西毕竟不是很可靠,何况是很多年前的事情了。"

"姐啊,"学弟插话道,"你是一个小说家,而且过去的作品也都喜欢同情弱者,总认为弱者必对,强者必错。难道你忘了'可怜之人必有可恨之处'这句老话吗?你弟我——"他点着茶几,笑着看着我,"对下面的人来说是个爷,对上面的人来说是个孙子。你说我是强者还是弱者?该同情还是该批判啊?"

"也不是同情谁,"嘴里虽然犟着,心里还是有点虚。最近有几个评论家确实指出我这个缺点,"总要有人替他们说话吧?"

"这是两码事。就像我们上山喝茶,我们是奔着茶叶来的,可是喝到最后,把茶叶都扔掉了,因为茶叶不过是一个形式。我觉得——当然了,我这是顺嘴胡说,你别介意啊姐——一个小说家要有穿越情绪的能力,要找到苦涩背后真正的味道。是不是,姐?"

十三

在中国的社会结构中，县城是一个非常独立的单元。往下说，乡镇的人小而稀疏，很难形成一个共同的生活群体。往上说，省市的人多而分散，串联在一起也很难。唯独县城不一样，县城的人上下层层叠叠，左右盘根错节，牵一发而动全身。比如办公室副主任赵伟中，他是政协副主席的女婿，他妹子是人大主任的媳妇，妹子的小叔子娶的是组织部部长的小姨子……我相信，如果这样深挖下去，估计小半个县城都能拢在一起。

然而，这种盘根错节的关系，总会把一部分人排除在外。这些被排除在外的人，像碎屑一样散落在县城各种各样的罅隙里，成为这个区域灰色色调的一部分。对于这些人而言，县城不管多小，都算是大得无边无际。齐光禄和牛光荣他们的感觉就是如此，他们认识的人很少，认识的事也很少，既没亲戚也没朋友。要说一个卖肉的，并不需要这样的关系。可那是没摊上事，如果摊上事，尤其是摊上大事就很不一样了。

天宇电脑公司的张鹤天来过没几天，又过来一个年轻人。这人戴着黑框眼镜，打一根红得像西瓜瓤一样的领带，看起来像个账房先生。他过来直接点名找齐光禄说话。齐光禄把他让坐在门口的小茶几边，赶紧把烟掏出来让过去。那人接过烟放在茶几上，从包里掏出一沓纸看了看，又放回了包里。他把包放在眼前，两只手交叠着压住，问齐光禄道："今天什么日子你知道吗？"齐光禄说："天天睁开眼就是卖肉，哪看过日子？"那人说："整整一个星期了，张总说的事情你考虑好没有？"齐光禄明白了此人来意，想了一下说："没考虑。这店我们不转让。"那人把两只手放在包上，交替着用力地握来握去，干咳了一声，提高了嗓门问道："真的？"齐光禄笑了笑，眼皮都没抬，自己把烟点着，也没再让他。那人握了一阵子手，点着头说："转让不转让，估计你说了不算！""那谁说了算？"齐光禄把烟屁股捏在手里来回转着，吐着烟圈。那人并不答话，把包拿在手里，瞪了齐光禄一眼，出去了。

出了门口，齐光禄听到他低声嘟囔了一句，真不识抬举！齐光禄把吸剩下的烟蒂吐到门口，用脚跐灭，回到店里继续干活。

那人没走多久，房主就找上门来了。平时齐光禄和房主的关系不错，这人过去是开烟酒店的，赚了些钱，买了这几间门面房。他是个老实人，齐光禄有时房租一时不凑手，他从来没催促过。这次过来看见齐光禄，他现出一脸的为难。没待他开口，齐光禄心里已经明白了。齐光禄说："刘大哥，到底怎么回事?"房主看看周围没人,附在他耳边低声说道:"你知道要这个房子的是谁吗?""谁?"齐光禄问。"城关派出所所长的小舅子,原来也在公安上干,因为喝酒伤人被开除了。这人百事不成,就是能混。他姐嫁给所长后,他现在成了县城的一霸,没人敢惹……"房主往外扫了一眼,突然恼怒地抬高声音,说,"这事就这样定了!你同意也好,不同意也好,反正月底前我是要用房子!"

齐光禄扭头看去,发现刚才那人在马路对面站着,一只手支在下巴颏上,正盯着他们两个看。他一把把房主搡出门外,指着他高声骂道:"你别他妈的狗眼看人低!我一没伤你的房子,二不欠你的租金,凭什么说收就收走?我跟你说,除非把我们三个劈碎当柴烧了,否则谁也别想从我手里把房子弄走!"

房主又怒气冲冲地跳到屋子里来,从怀里掏出一沓纸,拍到柜台上。光荣和弟弟也连忙从柜台里面跑了出来,站在齐光禄身后。齐光禄看到这沓子纸正是刚才那人拿出来的东西。"你老老实实规规矩矩把这个东西签了,咱们两清!否则,你走着瞧!"房主点着齐光禄的脑袋说。齐光禄低头看那纸上打印着"解除租赁合同书"几个黑体大字。趁齐光禄低头的当儿,房主捏了一下齐光禄的腿,小声说:"兄弟,胳膊拧不过大腿,赶紧撤了算了!"齐光禄闻听此言,抓起合同摔在身后剁肉的案板上，拿起切肉刀顺手一刀砍过去。合同牢牢地钉在刀下，立即被案板上的血渗透了，像一道血淋淋的伤口。

随后的一个多月，再也没人来打扰他们。齐光禄觉得事情已经过去了，所以店里又添了几个卤菜新品种，还与一家做"西安白吉馍"的谈妥，在他店铺门口设一个专卖点儿。

出事那天晚上六点多，齐光禄他们正在家里吃饭。下午他们很早就收工了，这天是光荣的生日。齐光禄让弟弟专门去买了几个熟菜，订了个大蛋糕，用大红的盒子装着，还没切开。齐光禄给光荣倒了一杯橘汁，咬开一瓶老酒，跟弟弟俩人一人一茶杯满上。正边说边喝热闹着，忽然听得有人敲门。打开门来，看见四个警察站在门外。打头的一个满脸胡楂的警察问："齐光禄牛光荣是住在这里吗？"齐光禄点头说："是。我就是齐光禄。"警察说："你和牛光荣都出来，跟我们到派出所走一趟！"

下　部

十四

这些年，牛大坠子的日子说不上好，也说不上不好，反正有吃有喝，也没消停过。两口子各忙各的。坠子的活动区域主要围绕着北京附近，按他大老板的说法，那里是天子脚下，遍地都是钱，就看你会捡不会捡了。坠子老婆的活动区域主要在长江以南，那里中小企业多，老百姓也富庶，产品相对好销得多。俩人逢年过节回来聚聚，也不互相打问对方的情况。反正坠子往家拿钱的时候少，往外拿钱的时候多。齐光禄私下里跟光荣弟弟开玩笑说，不知是他骗了人家还是人家骗了他，没见他富过，也没见他穷过。弟弟说，就他那心眼，跑个龙套还差不多。要搁事儿上，人家不把他零卖就算便宜他了！

要说现在的日子确实比以往好多了，也不需要他往家拿钱。齐光禄的店子兴旺，三个孩子意气风发，日子眼看着越来越往高坡上走。坠子心里暗自高兴，等过两年光荣生了孩子，再买一套房子，他就准备和老婆在家看孩子养老了。

不过，与过去拎着提包到处跑的日子比起来，他还是明显看出来老了，说话的嗓门低了，走路也比过去慢了半拍。腿脚不行，往哪个地方坐下去，扑通一声，像扔一麻袋粮食。男怕穿靴，女怕戴帽，男人腿脚一不行，那就没几年好日子过了。

他这几年到底在外面干了些什么，光荣从来也没问过。从小到大，她跟父亲之间就没有说过正事。弟弟就更没法问，这个半路杀出来的爹，更多的时候就像个房客，他倒是像个房主。齐光禄本来就是个话寡的人，他觉得现在和坠子谈这些，跟伸手向他要钱差不多,所以也不主动提及。管他干什么?他只要自己高兴就得了。每次回来,齐光禄就知道劝他喝酒。有时候喝大了,坠子会主动说起自己在外面的"工作"。前几年,帮助南边的一个市政府跑核电厂项目。中国准备大力发展核电事业,电视上也多次说到过。这个地方水多,山也多,就是人少,最适合发展核电——他用筷子在桌子上曲曲弯弯划拉着说。

但是这些事儿离一个卖猪肉的小民,毕竟是远了点儿。离他们最近的,还是眼下的酒肉。齐光禄只管为他夹菜让酒,偶尔想起他教他剁肉时的风光,禁不住有点黯然。人,掐头去尾没几年好活头,这是他爹活着的时候说的。他跟坠子在一起的时候,总是想起自己的爹。爹一辈子献身共和国的国防事业,到老了却死无葬身之地。军工厂没有墓地,从东北来的这些老工人,死后要么把骨灰寄回东北,要么就在军工厂后面的一块废地里埋了。他家世代单传,老家已经没什么人了,所以只能就地掩埋。大集体的时候,这块地"三不管",所以也没出现过什么纠葛。后来分田到户,农民就和工厂争夺土地,三天两头把老工人的尸骨扒出来,扔得遍地都是。也不知道谁是谁的了,不是胳膊短了一块,就是腿少了一截,厂里也没人过问。

坠子说,从去年开始,他又帮助本地市政府跑一个水库项目。他对齐光禄说,这是他这一辈子最有意义的一件事,也是最靠谱的一件事。齐光禄并不当真,在他嘴里,哪一件事不是最靠谱的?他一直说,人这一辈子一定要干一件惊天动地的大事,谁见过?不过,为建水库这个事情,其间国家水利部还来过一个副司长,在县里住了好几天。坠子前后陪着他,忙得连回家看一眼的工夫都没有。

国庆节坠子回来,爷俩又坐在那里碰杯子。齐光禄问起这件事。坠子说,已经基本批下来了,咱们这里是淮河上游,连一座像样的水库都没有,只要周围下大雨,淮河非淹不可,这里就像个"洪水招待所"。现在连国家领导人都意识到这个问题的严重性了,过去咱们这里收留红军,现在收留洪水,这哪儿成?所以国家下决心要修水库了。"先给二十个亿,移民!"坠子把筷子颠倒过来,蘸了点酒在桌子上写了一个"2",然后数着往后面添"0"。"二十亿!"齐光禄默默念叨着,心都是花的,不知道这二十个亿摞起来该有多高多宽,估计他们这套房子连卫生间算上都装不下。

水库移民没开始,他们家的"移民"却已经迫在眉睫了。那天,坠子收拾好东西正准备离开家,被金豫宾馆一个姓孙的老职工堵在家里。坠子干厨师的时候,这个老职工跟着他打过下手。后来坠子当了经理,让他当采买,还给了顶供应科长的帽子。俩人交情不浅。

坠子把来人让进屋，倒了杯热茶，顺手把软盒中华烟拍在桌子上。来人倒也没客气，烟点上，茶饮上，便开门见山地把张鹤天要租齐光禄门面的事和盘托出。这是坠子第一次听说，齐光禄没跟他讲过。听完之后，他沉吟了半天，问："光禄是什么意见？"

来人说："要是他同意，我还麻烦您干吗？看您天天忙得脚不沾地，我怎么忍心打搅嘛！"

"你的意见呢？"

"牛经理，您啥时候见过茶盅大过茶壶？现在这世道儿，就比谁的腕子粗啊！"来人一口把中华烟吸进去半截，闭着嘴看着坠子，烟柱半天才像瀑布一样喷出来。隔着瀑布，坠子觉得他的目光越来越远，也越来越陌生，"如果有一点可能，牛经理，我胳膊肘会往外拐吗？"

坠子的眼光落在自己手背上，那上面布满了一块一块黑青色的老年斑。他想起齐光禄红红火火的肉铺，想起他过去的金豫宾馆，眼里心里蓦地塞满了打火机。坠子的眼睛有点热，他忍了忍，仰头说道："三弟，咱们俩打小就没划过地界儿，我知道你也不会刨我的台根子。但你也清楚我的难处，你看我这一辈子是怎么过来的？年轻的时候对不起爹娘，到了中年对不起老婆闺女。现在我老了。老了老了,除了落个死还能落下什么?所以,我不能再对不起女婿了,否则就没脸披一张人皮在世上混了!你说呢,孙科长?"

十五

下了楼,牛光荣才发现下面停了两辆车。她被塞进一辆白色警车,齐光禄被塞进一辆黑色囚车。齐光禄那辆车不知道开哪里去了,她坐的车子直接开到了派出所。两个警察把她弄到一楼的值班室,只进行了简单讯问,便把她带到旁边的一个小房间。进去之后她发现房间里还套着个大铁笼子,她就被锁在铁笼子里。这是一间囚室。

等眼睛适应了周围的一切,她发现笼子里还有两个人蜷缩在一个角落里,不认真看还以为是两个包裹堆在那儿。那两人把头埋在胳膊窝里,头都没抬一下。光荣并不害怕,也没有多少紧张,只是觉得浑身冷,口也干得厉害。虽然她并不明白发生了什么,但是知道自己和齐光禄并没做过什么违法乱纪的事情,因此心里也就很坦然。她想着肯定是弄错了,等问清楚了很快就会把她放出去。

她靠着铁栏杆坐下来,一会儿便迷迷糊糊睡着了。刚要进入梦乡,一阵窸窸窣窣的声音又把她弄醒。她看见那两个人在找东西吃,其中一个人从身边脏兮兮的包里掏出两个馒头,递给另外一个。她这才看清楚是一男一女,年龄都不小了。他们是什么人?捡破烂的盲流?拐卖妇女儿童的骗子?要么是小偷?反正不是好人,要不怎么会在这里面!

那两个人一边吃,一边瞪着她,眼睛里满是不屑和挑衅。那样的眼光让光荣特别受不了,她长这么大从来没遭遇过。他们为什么这样看我?她心里忽然泛上来一阵酸楚,她想,我在他们眼里是什么人呢?肯定也会觉得我不是好人,好人怎么会关在这里面?

可是,谁有这么大的能力,说你不是好人,你立马就变得不像好人了?这到底是怎么回事?

光荣急出了一身冷汗,想得脑子都疼了。有很多东西在她的脑子里来回翻腾,一切都变得眉目不清了,迷迷糊糊,黏黏糊糊。她发现自己的口水又流了出来,已经很久很久没有这样了。她想向他们解释一下自己目前的处境,发现自己的嘴一点都不听使唤。她努力使自己镇定,可是越急越烦躁。她这才明白,自己刚才的不怕都是装出来的。

估计那两个人对她也烦透了,挪动了一下位置,离她更远了。男人站起来,边打嗝边朝角落一只塑料桶里撒尿,丝毫也没顾忌她的存在。虽然都被关在笼子里,但是在他们眼里,她因为势单力薄而更软弱可欺。弱者对弱者的歧视是最张扬的,毫无顾忌。

第二天,派出所人来人往,大半天都没人搭理她。快到吃晚饭的时候了,才有一个穿便装的人给她送来一个鸡蛋、一个馒头和一瓶矿泉水。她仔细看看,认出这人是带他过来的那个胡子。她快饿坏了,也顾不得那么多,从胡子手里拿过东西就吃,谁知只吃了一个鸡蛋,就再也没有胃口了。胃里全是酸水,一打嗝整个鼻腔都是酸的。她不知道齐光禄在哪里,家里现在怎么样了。不知怎么的,她突然想到了爹,这个自她从小就可有可无的人,对她来说意味着什么呢?从来没问过一句她怎么样,需要什么。她在外面挨了骂,磕破了脑袋,书包被人夺去,反正不管受了多大委屈,他从来没有安慰过她。现在就更不会管她的事了。

晚上十点多,胡子和另外一个警察进来,给她铐上手铐,提到二楼一间灯火通明的办公室。两个人一个坐进沙发椅,脚跷在办公桌上。一个斜靠在桌子上,手里夹着一根烟。她不知道他们是什么身份,他们也没介绍自己是谁。

"牛光荣,"说话的时候胡子并没把烟从嘴上拿下来,"你知道我们为什么把你弄这里来吗?"

"不知道。"忍了几忍,牛光荣的口水还是流了出来。

"我们是来替你申冤的，只要你好好配合我们。"烟夹在嘴角，随着胡子的嘴一起一伏，好像是他身体的一部分，"你把齐光禄强奸你的事，好好说说！"

牛光荣觉得自己的头一下大了。强奸？她在稀薄的记忆里，努力打捞着这个词语所包含的内容。那些事情即使残存在她的记忆里，也被她擦抹得差不多了。那个喧嚣的夜晚，她徒劳的挣扎，以及后来一次又一次的背叛，有多少个男人经过她的生活……她是被齐光禄的哪句话打动的？对了，孩子！他认真地告诉她说，他只想要个孩子！她更想要，这是她的病，也是她的药。她的孩子，曾经在肚子里孕育过的孩子，怎么说没有就没有了？她伤心得死去活来，可是再也没有了。现在，有一个男人要跟她一起生个孩子，这个想法让她感动得一塌糊涂。

"到底有没有这回事？"

"有，但是……"口水汹涌地流出来，她语不成句。

"你必须向我们说清楚，齐光禄是不是对你实施了强奸？"

"不、不是！"

"那好！"坐在办公桌后面的那个人突然站了起来，十指按在桌子上，"牛光荣，我再问你另外一件事，你坦白交代，你与多少男人发生了性关系？"

"……"

"牛光荣,对你和齐光禄的犯罪行为,我们已经掌握了足够的证据。事实是清楚的,证据也是确实充分的。你既不要抵赖,也不要试图蒙混过关。"那个人慢慢地逼近她,从他嘴里冒出的混合着酒精、烟草和其他说不出来的怪味道喷在她脸上,"现在摆在你面前的只有两条出路,要想保住你自己,就必须承认是齐光禄强奸了你,而不是你自觉自愿地与他发生性关系;要想保住齐光禄,你就得承认自己是卖淫,包括与齐光禄和其他男人发生性关系,都是你自己主动勾引他们的。不过,为了体现我们的宽大政策,这两条路任你选。怎么样?对于我们这样的人性化办案,你还有什么要求?"

十六

不得不承认,跟着我的办公室副主任赵伟中是个非常通透的人。我一直以为他是小聪明。可是,小聪明能办大事。我觉得他的敏感程度和处理实际问题的能力远远在我之上,也在很多副县长之上。遇到一件突如其来的事情,他很快就有几套解决方案,而且轻易就能从中找到一个最妥帖的。即使不能当下解决,他也能找到拖下去的办法。我脾气比较急,有时候对分管部门的局长们忍无可忍,会说几句难听话。他总能事后在私底下把事情摆平，而且不留后遗症。

对于与下属的关系怎么处理才合适，我曾经非常困惑，也多次征求过他的意见。他反复告诉我，不能着急，时间会解决一切。开始我觉得这不过是一句套话，可是下来待得久了，果然觉得时间的厉害。我刚来县里的时候，既不好参加下面的"活动"，也不好跟无关的人员拉扯，有点空闲时间还想读书写作。可是到年终测评的时候，我的得分虽然不是最低，但是也不很高，挂在考核表上很不好看。我很苦恼，不知道问题出在什么地方。我把他喊过来，说了一句特别情绪化，也特别不着四六的话，我说："赵伟中，你说说这在基层工作，想清静一点是不是也是一桩罪过？"他说："赵县长，这事儿不用急。既然已经这样子了，千万千万不能再刻意改变自己。是什么样就是什么样！保持自己的本色，时间会解决问题的。"果然，大家和我相处一段时间，也认可我了，有很多人主动接近我，再也不用互相设防了。

有一次，他小舅子从美国回来，他问我可不可以陪吃个饭。我立即就答应了，这是他第一次跟我提个人要求，他时时刻刻都知道自己在什么位置上。据听说他小舅子是个名人，中央台的《致富经》栏目还专门介绍过他，说他是中国的"竹编大王"。刘师傅也跟我说起过，他小舅子上大学的时候就是个生意通,每逢假期,从省城图书市场上买几十本盗版书背回来,在县城卖,赚的钱够一学期用的。那时候他父亲还没当上县政协副主席,还有人说他父亲的这个职位,沾了他不少光。大学毕业后,他去了一家外贸公司,在广交会上跟着人家当翻译,发现了竹编这门生意,于是就辞职跑回来办了一个竹编厂。大别山漫山遍野都是竹子,人手更不缺,厂子很快就成了气候。后来他跟一个美国人合作,把生意做到了美国,一家人都搬去了美国。

晚上的饭局安排在县城北部的农家饭庄,赵伟中知道我喜欢那里的清静。赶到的时候,我发现他的两个亲戚、人大主任和政协副主席都在,心里有点不舒服。但我还是像往常那样跟他们礼节性地寒暄过了。赵伟中的小舅子看起来很精神,穿了一身运动服,说话高声大嗓的,不像他爹那样唯唯诺诺蔫了吧唧的,一看就是个爽快人。

估计赵伟中也看出我的不快来。他先让我坐下,然后很自然地说道:"赵县长,本来我不想让主任和主席他们两个来,怕给您添麻烦。谁知他们一听说是请您,把所有的事情都推掉了,非来不可!我想了想,也没跟您请示就答应了,"他故意停顿一下,意味深长地笑着看了一下他们两个,"赵县长,在县里工作,最难的就是能得到人大政协这些老同志的认可啊!可见您的能力和人品了。"

这话说得！我突然觉出自己的小气，不就是吃个饭嘛！赵伟中的话滴水不漏，而且正在点子上，说实话我也爱听。我和主任主席推让了一番，坐了上座。他们俩坐我两边。赵伟中和小舅子坐对面。

喝了几杯酒，话匣子大开，话题自然转到了小舅子在美国的事业上。小舅子讲道，咱们国人在国内千般万般不如意，那是没出国。到世界各国看看，哪里有中国好？他突然转向我说："赵县长，让我回来跟着您打个杂吧。在美国不管赚多少钱，都跟要饭差不多！"

我知道是个玩笑，可这个话头我没法接。我虽然跟着作家代表团去过几个国家，那都是走马观花，很难接触到别的国家真实的一面。美国我也去过，楼没有中国高，路没有中国宽，广场也没有中国大……反正我也没觉得哪儿比中国好。

他的父亲，政协副主席一本正经道："赵县长不跟人开玩笑。"

他拍了一下脑袋，像突然想起什么似的，问我："赵县长，听说您对齐光禄的案件很关注？"

关注？我一下愣了。也说不上我比别人更关注吧？这事儿我确实问过，但是也确实有很多人主动跟我提起过。我真想不到他会从这里斜插下来。

"你怎么知道齐光禄?怎么知道我关注他的事儿?"我问。

"我给他介绍过。给他介绍您的时候,顺便说起这件事,说您很关注基层百姓的疾苦。"赵伟中插话道。

主席赶紧点头称是。

"我们两个是中学同学,他还曾经找过我,那是在他没出事之前。"小舅子侧着头,用指头在头上挠来挠去,"当时我没当回事,谁知道最后竟闹成个这!哎呀,不过他出这事一点也不让我意外,今天不出这事,明天也会出那事。"

"此话怎讲?"我突然来了精神。

"您知道他为什么中学没毕业就不上了?跟我们一个女同学谈恋爱,老师告诉了双方家长,这事儿就黄了。他身上揣着一把刀,跟了老师半个月。最后老师没办法调走了,他也被勒令退学。"

"就事论事,"我说,"你对他这件事怎么看?"

"算了赵县长,咱们还是喝酒吧!这事说起来没个头儿,"人大主任插话道,"我们人大每次开会都会说到这个议题,可是能有个什么结果?"

赵伟中趁着倒茶的工夫,俯在我耳边提醒道:"县领导在公开场合都不提这个事儿。"

莫非小舅子要说什么没提前给他说？我没搭理他，扭头对人大主任说："你们可以监督法院嘛！"

"法院？"人大主任看着我笑了笑，"人大真能监督法院？而且，法院说了算吗？法院就是说了算，这里面的很多事情根本就进不了法院。"

"您问我对这件事怎么看，"小舅子好像没有听到我们刚才的对话，只顾说自己的，"我觉得齐光禄这个事情本不该这样处理，而且会有比这好得多的结果——妈的！说起法院来我一肚子气！法律太滥了也没意思，我在美国，一次有急事超速行驶，结果第二天就收到法院的传票。如果在中国也这么干，一个村民小组设一个法院也不够用——齐光禄太傻、太傻了！"

"那么，齐光禄怎么做才算不傻呢？"我问，其实我已经隐隐约约知道了答案。我认为他觉得齐光禄傻，是站在自己的角度看问题。站在齐光禄的角度呢？他哪有几条路好走？

"您看您看！赵县长，本来我是想来听听您对齐光禄的看法，您却把球踢给我了。您这一问，我这一肚子问题也没影儿了，"他站起来，夹了一个大鱼头放我盘子里，"有些话，要说我不该说啊，尤其是对着你们这些领导。要我说，齐光禄什么都别干，就往上跑，闹呗！路子不是现成的吗？县里经得起这样闹腾吗？其实，在美国也有这样干的嘛！"

"可问题是,首先齐光禄经不起这样闹腾,我估计。"

"那也不能这么傻!这个人也真是,从小就一根筋,跟人抬个杠也恨不得玩儿命!"他没喝多少酒,但是已经上头了,脸红得像鸡冠子,因此说起话来好像义愤填膺,"这人啊,一定得多想一想冲动了之后怎么办。如果一个人杀了你父亲,你一辈子什么都不要了,就要执意为父报仇。最后终于如愿了,把那人杀了。且不说法律惩不惩罚你,你父亲一条命,再搭上你的一辈子,这生意划算吗——不不不,不算是生意吧,说大一点就是人生。这样的人生,划算吗?两个人换他一个人,有什么意思?"

我不得不同意他的观点,但是又觉得哪个地方错了。至于错在哪里,又说不出来。也许很多东西是无法一笔一笔算出来的,尤其是幸福和痛苦,还有,整个人生。

停顿了一会儿,小舅子又说:"齐光禄找我而我没帮助他,心里到底是不得安顿。我想着弥补一下,您看这样……"

"别尽说这个了,还是喝酒吧!"人大主任已经明显带出情绪来了,估计今天的局面也出乎他的意料之外。我们相互看了看,终结了这个话题,不过也没再找到新话题,草草结束了这顿饭。

送我上车的时候,政协副主席拉着小舅子一只胳膊。小舅子用另外一只胳膊拉着我的车门,小声对我说:"赵县长,说实话我很少跟国内的人在一起喝酒。他们只要一有工夫就发牢骚,就骂娘,这最让人看不起。窝囊废才会到处埋怨,才会怨气冲天。有本事你先把自己的事儿弄好,再去骂人家才有底气嘛!"

他浑身乱摇晃,看起来喝得很醉,可是话一点也不醉。我想了半天,也不知道他跟我说这些是什么意思。而且这话套在齐光禄身上,怎么都不合身——齐光禄从来都不埋怨,也从不发牢骚。

十七

在办案人员的循循善诱下,牛光荣最终选择承认卖淫,以此把齐光禄保了出来。齐光禄出来的第一件事就是去找光荣,问她为什么这么傻,硬把屎盆子往自己头上扣。那时候牛光荣已经被送到了看守所,在等待处理结果。隔着铁栅栏,牛光荣对着齐光禄指指自己的肚子,说,为了我们的这个孩子,所以你必须出去。这个家可以没有我,但不能没有你。

齐光禄惊得两只耳朵都竖了起来,眼睛瞪得如铜铃一般,很久才压制住内心的冲动,颤声问道:"既然已经有了孩子,你这不是傻得不透气吗?"

牛光荣流着口水，反而笑了，说："我才不傻呢，你觉得还有比监狱更安全的地方吗？"

对牛光荣做思想工作的时候，两个办案人员确实很人性化，他们把《刑法》搬出来，帮助牛光荣认真分析了未来的形势。如果牛光荣不认罪，齐光禄就要以强奸的罪名入罪，而强奸罪的量刑幅度是三到十年。归结到本案来说，他强奸的是一个精神上有疾病、身体上也有疾病的被害人，属于情节恶劣，应该从重或者加重处罚。那就可以在十年以上量刑，直至无期徒刑或者死刑。正如牛光荣所言，这个家离开齐光禄，就成了个空架子，非塌下来不可。而如果牛光荣承认卖淫，这就构不成犯罪了，可以不受刑事处罚，最多劳教一两年。"什么都不影响，权当去上了两年大学，回来以后你们仍然好好地过日子。"办案人员微笑着告诉她说。

他们的微笑让她无法拒绝。她知道，任何事情一旦跟法律沾上边，个人就无能为力了。法律没保护她的婚姻，法律也没保护父亲的企业，现在，法律再一次闯入了她的生活，但她还不知道将要让她失去什么，所以她需要在办案人员的微笑里寻找搭救——权衡利弊，最终她把一切责任都揽了过来。

很快处理结果就下来了，牛光荣以"长期卖淫，屡教不改"而被处以劳教两年。实际上，从进入劳教所的那一天起，牛光荣的心情便轻松了不少，更加觉得自己的选择是正确的。劳教所并不似想象的那么可怕，整个布局跟学校差不多，所以派出所干警的"大学"之说也不是诳语。有上课的地方，也有活动场所，每周还能洗洗澡。居住的房间也跟她上学时候的学生宿舍差不多，一个房间七八个人，出门不远就有卫生间，从环境上看还是比较舒适的。

刚到的那天晚上，一个白白净净的女管教干部找她谈话，告诉她这里的制度和要求。每周劳动六天，休息一天。都是很轻松的活儿，累不着人。劳教劳教，劳动是次要的，教育改造是主要的。白天劳动，晚上集中学习和讨论。生活上吃得不错，不但能吃饱，还能吃好，只要不是特别挑剔的人。"到这里是来改造的，又不是来享受的，有什么可挑剔的？"管教干部这样教育她。

这些道理不用说光荣都懂，况且她是苦孩子出身，什么苦都能受得了，到这里来早已在心里做下了吃苦受罪的准备。

第二天光荣就跟着大家出工干活了。四个人一个小组，活儿确实不重，织毛衣片，工艺要求也不高。这东西说是出口非洲的，估计在中国根本没人穿，衣服颜色看着就跟非洲人长得差不多。头一个星期是学徒，光荣跟着老师、一个四十多岁的女人学习。老师在外面是搞传销的，据说也曾经家资百万，后来弄得家破人亡。老公跟她离婚了，两个女儿跟着人家走了，到现在也没个音信。光荣可怜她，买点好吃的都跟她合着伙吃。她的技术进步也很快，不到三天就学会了。开始每天能织十来片，后来可以做到三四十片。女人也不表扬她，只是提醒她说，不能光讲究数量，还得在质量上下功夫。她听不懂话里有话，只管往前赶。谁知做得越多，任务量就越大，最后给她下达每天一百片的任务。虽然有点吃力，她还是赶着完成了。一天晚上，在卫生间洗碗的时候，师父偷偷告诉她说，在这里面不能当先进，也不能再这样干下去了，否则总有一天会把她累死，"累死也是白死，就跟死个苍蝇差不多，拿笤帚扫出去就完了！"

她们说这事的时候，以为没人听见。可是，第二天师父就进了学习班，那里专门"修理"不听话的学员，据说里面苦得不可想象。从里面出来的人，一句话都不敢跟别人说。她也被调到第二道工序上，缝盘，就是把第一道工序织成的毛衣片缝合起来，做成成衣。在针织行业，织毛衣片是最轻松的，而缝盘是最难的。要把上下两个毛衣片芝麻粒大小的针孔互相叠合起来缝在一起，一个针孔错了，整件毛衣就成废品了。这道工序都是二十来岁的人干的，眼要好，手要嫩，速度要快。像光荣这样年龄的只有两个人。但是，不管有多难，光荣咬着牙坚持着慢慢也学会了。但她的任务总是完不成，而且每天休工回来，眼前一片模糊，眼睛好像被谁抹了一层油，什么都看不清楚。这活儿确实太费眼睛了，据说眼神再好的人，干不了一年，眼睛也就完了。

开始只是组长提醒她加快进度，不能拖全组的后腿。她也着急，但是进度依然上不去。组长的话有时候就说得非常难听了。她理解组长的难处，知道她也得挨批评，所以从来也没跟她顶过嘴。但是，她们组完不成任务，除了组长在干部那里挨批评，其他人改善生活也没她们组这几个人的份儿，甚至连每个月的卫生纸、肥皂都不发给她们。拖了一两个月，组里面的其他人也开始找她的碴儿。当着她的面骂骂咧咧，背后毁她的东西，不是洗漱用品丢了，就是衣服鞋子找不到了。她都忍气吞声，没告诉过任何人。

一天晚上，她刚刚睡着，突然觉得有一坨湿黏湿黏的东西钻进被窝。她一骨碌坐了起来，吓出了一身冷汗，心都快要跳出来了。她看了一圈，寝室里开着灯，大家都在睡觉，一点动静都没有。她伸手去摸那坨东西，拽出来一看，是几块被水泡得白乎乎的肥皂，被谁粘在一起，趁她睡着塞她被窝里了。她收拾了一下，也没吭声，倒在床上再也睡不着了，早饭也没起来吃。女干警过来喊出工，她赶紧起来洗了一把脸，一边跟着大家下楼一边歪着头整理自己的头发。刚下到二楼楼梯中间，她听见后面哎哟一声，觉得好像有人踏空了楼梯，摔了下来。还没等她躲开，几个人冲下来砸在她身上。她一歪身子，从楼梯上滚了下去。当时自己还能站起来，觉得身上也没摔伤，于是就跟着大家到了车间。坐下不久，她觉得肚子痛，下身湿黏湿黏的，到卫生间解开裤子一看，整个内裤已经被鲜血浸透了。

十八

齐光禄事件中的派出所所长名叫查卫东，毕业于西北一所政法学院刑事侦查专业。大学毕业后，他一直在县局刑侦队当侦查员。后来，一起少年杀人案的侦破，使他名声大噪。乡镇一名出租车司机，被人杀害在离镇子不足两公里的河边。犯罪分子的作案手段极其残忍，司机的头颅被钝器所伤，血肉模糊，很难分清楚面目。司机被洗劫一空。罪犯的作案手段非常老辣，现场根本没留下可资破案的任何有价值线索。看了现场后，大部分警员都认为这是一起流窜作案，像大多数发生在鄂豫皖交界处的过路抢劫案一样，可能是个无头案。

查卫东通过现场搜集到的一个不是很完整的脚印，认定这起案件是本地人所为，而且是少年作案。他的理由是，本地山区与大小河流交织的地貌特征，塑造了当地人独有的前脚掌和独特的行路方式。之所以现场没有留下更多的东西，很可能与司机没带什么东西，犯罪分子也没有做好充分的犯罪准备有关。他相信作案的人还在当地，于是不遗余力地进行暗中调查，终于在一所学校抓获了两名未成年罪犯——关于这个故事，我下来挂职的第一年所写的一篇小说里，曾经有过详细的讲述。此案是两个品学兼优的留守少年所为。

查卫东出身贫寒，在走出乡村之前，没坐过汽车，没见过火车，连楼房长什么样都不知道。从小学一直到大学毕业，他始终是一个沉默寡言的人。据说他刚分到单位时也是如此，很少与人交往，基本没有社交活动。开始他住在办公室，后来分到了单人宿舍，来来往往也总是他一个人。没人见他买过菜，也没人见他在机关食堂吃过饭。他与同事之间除了工作基本没什么交往。很长一个时期，谁都不知道他过着什么样的生活。

再后来，有人给他介绍了一个女朋友，是早前一位老局长的千金。这位千金高不成低不就，给耽误到二十大几快三十岁了，也没找到合适人选。她比他大三岁，俩人只见了一面，他就同意结婚了——甚至后来也有人说，即使当时不见面，他也可能跟她结婚。当时机关正分房子。

拿到结婚证，机关事务局给分了一套县政府家属院的房子。两个人是出去旅行结的婚，回来也没再举行什么仪式。平时，查卫东在刑警队忙得没头没尾，很少回来吃饭，有时候一出差就是三五天。所以妻子还是跟父母生活在一起，到他这里来倒像是串门子。

查卫东的妻子人长得漂亮，性格也很浪漫，经常写些诗歌、散文什么的，发表在地方文学刊物和报纸上。任谁都想不到的是，她不仅仅会浪漫，而且竟然还敢在刑警队高手面前作案——查卫东是怎么在她放在娘家抽屉的笔记本里，发现她写给报社一个副总编热辣辣的情书，一直到现在还是一个谜。如果执意要把这个问题弄清楚，他前妻曾经的一番话提供了很有意思的线索。"简直像一场噩梦，"她跟朋友诉苦说，"从我们俩结婚，他就没把我当成个好人。我相信连我们家飞进来的每一只蚊子都会经过他私下调查，睡觉他都睁着一只眼。谁跟他在一起，要么被逼疯，要么被逼成个贼！"

但是，查卫东在第二任妻子眼里，却是一个很会生活的人——那时他已经小有成就，成为县里的一个名人了。电视上经常看到他，县里有很多重要的会议和活动他也参加。因为破案有功，他先被提拔为刑警队的副队长，不久又被任命为城关派出所的指导员。指导员干了不到一年，就升任这个城区唯一一个派出所的所长——他的前任所长莫名其妙地被免了职，据说有人偷拍到他跟当地黑社会头目在一起喝酒洗澡唱歌的场面。那时候查卫东正在几千里之外的中国刑事警察学院进修。学习还没结束，上级就把他召回来接任所长。派出所就在县委办公大楼的隔壁，后面有一个小门可以直通县委常委办公楼，可见其位置之重要。

很久以后，有传言说偷拍行为系被他指使。他未置可否，一笑了之。

其实，对他后任妻子的议论从来都没有停止过。要说她出身并不算低微，父母都是商业系统的老职工。高中毕业，她没考上大学，接母亲的班进了糖烟酒公司当会计。国企改制，糖烟酒公司改成了股份制，很多人的身份都变了，唯独她还是一名会计。这是形成对她第一波议论的主要原因，因为这个岗位是公司核心的核心，掌握着公司的生命线。公司改制不多久，大家的议论便有了具体的目标，她与公司经理的"什么什么事"被"什么什么人"撞见了——也都是传言。嗣后，她调入了县第二人民医院办公室当后勤。在医院干了不久，与办公室主任拎不清的传言又甚嚣尘上。虽然这次没被人撞见，但毕竟无风不起浪，有风浪三丈。她也很难在医院再待下去，不得已，调入机关事务局专门负责接待——出一次事重用一次，大家切身感受到了她身后巨大的权力影子。但谁也没发现什么，更没抓住什么。也许正因如此，对她的议论才会这么密集。她成为县城市民生活的一个符号,一个漂流瓶,过一段时间总有人打捞出来查看一下。平时如果大家在一起聊天,说起这个县里的奇闻逸事,讲不了三件事,保准得说到她。

查卫东因受到县委县政府嘉奖而上台领奖的时候,她是专门在后台负责给他们领台的。领奖前的几十分钟,俩人在一起聊了几句,双方都有相见恨晚的意思。很快,查卫东找人撮合,俩人就组成了一个新的家庭。新家庭很有新气象,查卫东像变了一个人,开朗多了,也开放多了。过了不久,他们有了一个可爱的女儿。女儿长得脸型像她妈,神情像他。当了父亲的查卫东,更加爱护自己的小家庭,对妻子俯首帖耳,对孩子有求必应。

谁都不看好的婚姻,能经营成这样,出乎所有人的意料之外。但也有不以为然的,有一次,查卫东的小舅子张鹤天喝多以后,在他们家发酒疯。张鹤天指着查卫东说,你别在我跟前装老实,你是没资本再离婚了!

查卫东仍然是一笑了之,不跟他计较。

查卫东的妻子就姊弟俩。弟弟张鹤天可不是一盏省油的灯,家里不知道通过什么关系把他送到省警校,毕业后也不知道通过什么关系又给分到公安局办公室,跟着局长开车。局长下班后,他召集一群发小在街头喝酒。酒酣耳热之际与邻座发生纠纷，他一啤酒瓶子砸人家头上，把自己的制服砸丢不算，还赔了人家五万块钱——对方也不好惹，姑父是省报社的一个老总，占领着舆论制高点，一个小豆腐块都能把他砸成残废。

被公安机关开除之后，张鹤天开过饭店，修过高速公路，承包过电影院，干一行败一行。后来上级要求县直和乡镇各机关单位无纸化办公。姐姐得到消息后，让他成立电脑公司，估计全县有几百台电脑的生意。于是，他东拼西凑，成立了"天宇电脑公司"，还在县城中心位置租了一个办公大楼，买了两台车。开业那天姐夫没露头，由姐姐出面，请了几十桌有头有脸的客人，闹得阵势很大。谁知无纸化办公只在口头上喊了一阵子，雨过地皮干。地方政府吃饭都没钱，哪有资金办这种事？国家的政策搁浅，一百多台电脑砸手里。后面天天跟着一群要账的，让他焦头烂额。

他看上齐光禄的生意，也是姐姐的一句话引起的。姐姐说，县政府要建第三招待所了。这个招待所规模很大，如果再加上另外两个，光肉菜供应就是一大笔生意。

他在菜市场趸摸了半天，发现齐光禄的店铺不仅位置佳，生意好，经营的商品也比较齐全。于是，摸清楚齐光禄的底细后他便下手了。他无论如何也不会想到，他与齐光禄之间这么一点子民事纠纷，会卷起那么大的风暴，搅得半个县都快翻了天——美国气象学家爱德华·罗伦兹在一次演讲中说道:"一只南美洲亚马孙河流域热带雨林中的蝴蝶,偶尔扇动几下翅膀,可以在两周以后引起美国得克萨斯州的一场龙卷风。"

这个大嘴巴的话终于在中国的一个小县城找到了注脚。

十九

在外人看来,牛光荣也算是因祸得福。她在劳教所只待了四个多月,就因为意外流产被提前释放了。释放之前,劳教所的领导轮番和她谈话,一方面对这次"意外"表示同情,一方面问她还有什么要求,劳教所会尽可能满足她。她能有什么要求?脑子一片空白,说话语无伦次,对走与不走都没意见。劳教所领导拿出一份材料,让她在"以上看过,没意见。牛光荣"这几个字上面按下自己的指印,告诉说她可以回家了。

接她出去那天,齐光禄和弟弟两个人早早便来到劳教所。等到过了上班时间,除了门卫,一个警察也看不到。两个人站在门口一直等到快九点了,劳教所的偏门才开了一条缝,牛光荣像一个游魂一样飘了出来。齐光禄和弟弟跑过去,一人抓住光荣一只胳膊,看着她,话都不知道该怎么说。光荣也是呆呆地看着他们,像陌生人一样。

来时齐光禄租了一辆面包车让光荣的弟弟开着,他在后座上铺了被子褥子。齐光禄把光荣放在座位上，头枕着他的腿。她骨瘦如柴，皮肤薄得透明，与被带走那天判若两人。看着她的样子，齐光禄后悔不迭，觉得当时无论如何不该放她到这个地方来。

齐光禄让弟弟把车子直接开到隔壁县的一家医院。到医院先给光荣做了常规检查，身体倒也没什么大问题，就是虚。虚是病，也不是病。医生告诉他们说。

齐光禄坚持给光荣做了妇科检查。医生给他说检查结果的时候，齐光禄眼前一黑，差点背过气去。光荣这样的身体条件，很可能再也怀不了孕了；即使能怀上，孩子也会因为习惯性流产而夭折。

坠子和老婆是光荣回来半个月后才从外地赶回来的。坠子看起来比过去更老了，浑身上下一嘟噜一嘟噜的都是赘肉，坐在那里大喘气，好像是用旧零件组装起来的一台蒸汽机。光荣躺在床上，似一个没有呼吸的纸人。坠子老婆过去拉着光荣的手，以往那么爱絮叨的她，一句话都没说，只是看着光荣一个劲地叹气。

下午，坠子安排齐光禄带弟弟去买了十来个菜，两瓶好酒。等他们回来，看见坠子擀好切好的面条整整齐齐地码在案板上，那是他最拿手的"袁面"。坠子边下面条边安排老婆把菜装好盘，摆上八仙桌，把光荣搀起来坐下，然后又在上手空了三个位置。喝酒之前，他在三个空位置上恭恭敬敬地各摆了一碗面，一杯酒，双手擎起自己的酒杯，口中念念有词："爹！娘！光荣娘！坠子这里领罪了！你们看我把一家人领成什么了！"

坠子老婆和齐光禄连忙站起来，扶着他劝他坐下。坠子坐下来，热泪长流，眼泪吧嗒吧嗒落在面条碗里。一顿饭吃得像办丧事，打开一瓶酒基本上没怎么动。

第二天一早，天还没亮，坠子就把老婆和孩子们都带走了，谁也不知道他们去了哪里。在此之前，两间铺面早已转给了张鹤天。据说这次张经理干得还不错，把周围几家店铺都盘了下来。三个招待所的肉菜供应全被他承包下来了，光这一项就是一笔不小的收入。

每年的四月初，正是长城边莺飞草长的季节。从城里到这里来踏青的人如过江之鲫，找个停车的地方都很难。当地政府顺势而为，每年举办一次"风筝节"。头两届吸引了国内不少名家，后来越办越大，国外的风筝玩家也都来参加比赛，于是，就把这个活动扩大为"国际风筝节"。

这年的风筝节于四月六日开幕。当日一大早，国内外各家媒体早早来到现场，还有三家卫视台做现场直播。九时九分，锣鼓喧天，鞭炮齐鸣，各级领导鱼贯登上主席台。数百只信鸽振翅飞向蓝天。随后，八十多米长的巨龙风筝、婀娜多姿的蜈蚣风筝和众多各种造型的风筝翱翔翻飞，争奇斗艳。

突然，在放风筝的队伍里，出现了两个头勒白巾，身穿白衣黑裤的男子。两个人的前胸后背都绣着黑色的大大的"冤"字，他们奔跑着、呐喊着，放飞手里的风筝。那是一只巨大的、黑得像墨汁一样的梅花风筝，尾巴上挂着九十九个白色小条幅，每个上面都写着"冤"字。霎时间，中外记者轰动了，纷纷站起来举起手中的长枪短炮。

二十

我安排赵伟中把齐光禄案件的卷宗材料调过来，想详细地查阅梳理一下，以便厘清里面的脉络。赵伟中说，"齐光禄案件"不是一个单纯的案件，而是一个非常复杂、前后有很多人经手的"事件"。卷宗材料不止涉及一个单位，也不止涉及某个办案人员。如果把材料全部凑齐，估计要拉一板车。

后来他找到一份早前县委县政府呈报给上级的综合报告给我。我看过之后，觉得情况委实太复杂了，任谁也不好拿出一个彻底解决问题的办法。

天中县县委、县人民政府
关于齐光禄事件的经过及处理意见的报告

一、从整个事件的调查结果看,并没有任何证据证明查卫东参与或者放纵事件的发生,因而对其做出"双开"的处分于法无据,明显失当。鉴于查卫东被齐光禄砍死后,其妻改嫁,父母及女儿的生活没有保障,建议一次性给予其家庭十万元经济补助。

二、县公安局根据齐光禄涉嫌犯强奸罪的有关事实,对其采取刑事拘留强制措施,是根据群众举报和刑警队采集到的线索依法做出的,并非如当事人和上访人所言是报复行为。但是,鉴于该局在处理此事时采取的方法粗暴,对群众及当事人宣传法律政策不到位,引起群众较大抵触情绪和一系列恶劣后果,经县委常委会研究决定,公安局现任局长、政委予以调离公安机关并给予行政记大过处分。

三、牛光荣之死有多种原因。虽然构成对牛光荣劳教的违法事实并不充分,但其与多名男子发生性行为的事实是客观存在的,也是应予矫正的。经查明,在牛光荣劳教期间,造成其流产的行为系意外事故。所方发现其身体不适后，所采取的施救及提前释放措施是得当的、及时的。当事人牛光荣及其家人并未表示异议。

四、牛卫国（别名牛坠子）及其家人在权益受到侵害时，不是通过正当的法律和信访途径解决问题，而是采取极端措施，在"风筝事件"中的行为严重损害了党和政府的声誉以及国家形象，本应给予行政制裁。鉴于主要责任人牛卫国已经亡故，而且有国家机关工作人员损害事实在先的特殊原因，对其事件中的其他参与人员不再追究责任。

五、齐光禄犯杀人罪，已被市中级人民法院依法判处死刑。被告人未提出上诉，现案件已经进入死刑复核程序，等待最高人民法院的最终裁定核准。

六、对事件所涉及的有关人员，已经依纪依规处理到位。因此事件造成的群众上访尚未彻底平息，县委县政府仍然负有劝解和维稳的责任，我们将尽全力做好防范和化解工作，不使事态进一步扩大。

七、痛定思痛，通过这个事件我们深刻认识到……时刻把群众利益无小事放在首位……以稳定促发展……努力开创……新局面。

……

我把报告推给赵伟中,仰靠在椅背上,久久没有说话。他一页一页地翻看着,做出非常认真的样子。我知道他一个字都没看进去,他在等着我发话。不管处理任何问题,他总是这么能把握分寸。果然,我刚一坐直,他立即放下手里的文件,认真地看着我。

"牛大坠子,不,牛卫国死后,他老婆没再改嫁吗?"我问。

"没。毕竟她年龄偏大了,村里人给她介绍过几个村民,您知道她怎么说?"他咧开嘴笑了起来,摇了摇头,"'喊!勤劳善良的贫下中农,我还真不看在眼里呢!'其实,她也不是个省油的灯,村民一直上访闹事,就是她和儿子两个人在背后指使的。"

"他们能够鼓动村民上访闹事,而且持续这么长时间,说明还是有合理的诉求在里面,"我拿起笔,在文件第六项下面重重地画了一道,"从我了解的情况,再加上我刚才看到的这个材料,我觉得事情的麻烦之处就在于,看起来谁都有责任,但是论到法律上,又都没有责任。这么重大的事件,最后查找不出具体的原因,也没有应该承担责任的人,你不觉得更可怕吗?"

"那当然!照您这么说是很可怕,"也许他听出了我的意思,随即调整了态度,重重地点了点头,"老百姓来上访说明还信任咱们,如果有事都不上访了,像齐光禄这样干,那麻烦就大了!"

"齐光禄也不是一步跨到杀人者的位置上,"我把报告重新递给他,"除了这份报告,你再仔细想想:他无处诉说,说了也没人听,听了也不会有人管——如果要讲痛定思痛,这才是痛中之痛!"

"那可一点都不假!"他有点忘形,一巴掌拍自己腿上,"就是因为没管他的事,我小舅子心里一直过不去。上次他回来找您,本来是想让您安排县医院把齐光禄的妹子收治了,所有的费用由他来出,结果主任把这事给搅黄了。都怪我不会办事!"

二十一

对"风筝事件"的处理非常迅速,而且也很到位。国家有关部门成立了联合调查组进驻天中县,找多名当事人和知情者询问情况。虽然不能彻底查清楚,而且对事件性质的认识也有分歧,但调查组要求省市县三级迅速拿出处理意见以平息民怨,并保证无论如何不得再发生类似事件。

派出所所长、张鹤天的姐夫查卫东被开除党籍、开除公职,一夜之间从一个警界新星变成一介平民。与案件有关的派出所两个干警被免去职务,有关当局就其涉及的违法问题展开调查，是否涉及犯罪俟调查结束再做处理。县委县政府对此事件负有监管不严、控制不力的领导责任，分管副县长被行政记过。县委宣传部新闻发言人在回答记者的提问时明确表示："矫枉必须过正，人民群众的合法利益必须得到充分有效保护，决不允许任何人假借公权力谋取一己之私！"

对此次事件涉及的赔偿问题，县委县政府也迅速拿出处理意见：张鹤天立即退还店铺并负责恢复原状，赔偿受害人每月两万元共计十一个月二十二万元的财产损失。为了体现政府勇于承担责任的宗旨，县政府从信访专用资金中拨出十万元，补偿给齐光禄和牛光荣。

处理结果与当事人见面那天，县委一名副书记、县政法委书记、县公安局长、信访局长都参加了。大部分当事人都表示同意，没有什么意见和要求。会议结束后，查卫东走过去拦住几位领导，提出自己在这个事件中不应该承担责任："我既不知情，更没与任何人打过招呼。如果要承担责任，也仅仅因为与张鹤天有亲戚关系——我是他的姐夫，仅此而已。所以，对我进行'双开'处理显然是不公平的，也没有任何法律和政策依据。"

调查组也确实没有掌握查卫东直接参与此次事件的有关证据。派出所的两名干警证实，他们的作为是因为"群众举报"，跟查卫东无关。张鹤天和姐姐也证明,从来没与查卫东谈过此事。

县委副书记问:"查卫东,即使你没有明示或者暗示你的下属,你派出所的两个干警为什么这么'无私'帮助你而不帮助其他人,这你心里不清楚吗?"

"这个我说不清楚,"查卫东以立正的姿势回答,"我真说不清楚!"

"你是真说不清楚?小聪明是会害死人的!不处理你,怎么向上级交代?怎么跟老百姓解释?都什么时候了,还玩儿这种把戏?"看着查卫东复杂的表情,县委副书记不耐烦地摆了摆手,"先把主要问题解决了,你的问题随后再说!"说完拂袖而去。

信访局长要求齐光禄和牛光荣在一份"协议书"上签字。齐光禄拿过来看了看那份协议书,大致意思是两条,一是完全同意政府的处理意见,二是保证不再为此事上访。

齐光禄拿起笔就把自己和光荣的名字签上了。信访局长不同意,坚持让牛光荣自己签。齐光禄让她看看牛光荣的样子。信访局长看了看,指示齐光禄拿着牛光荣的手,在她的名字上面按了指印。

一切都恢复了原来的样子。齐光禄的铺子重新开张,生意虽然没过去红火了，但还是比别人的要好。工作之余，齐光禄带着牛光荣每天坚持体育锻炼，还找了县城一个老中医，让他开了半年的调养药。她的身体和精神在逐渐恢复之中，有时候还能听到她的笑声。对这样的结果，大家都觉得很妥帖。他们以为已经揉皱的生活可以伸展、拍平，重新恢复过去的纹路和形状，甚至不会留下一点折痕。

　　第二年春天，坠子因为肺部感染回到县城住院治疗。开始也没怎么在意，以为像往常一样把炎症消下去就好了。谁知县医院检查的结果是肺癌晚期。坠子老婆不相信，坚持带他到北京确诊。结果与县医院的检查并无二致。坠子也知道了自己的病情，拒绝在北京治疗。他坚持回老家，说是自己调养，可是回来后一口药都不吃。到年底，一个胖大的汉子瘦得竟只有几十斤了。弥留之际，他让老婆把几个孩子喊到床前，向孩子们表达歉意，说，自己一直在努力，这一辈子都想为他们办一件大事，可是……光荣拉着他的手说，您办的事情还不够大吗？坠子摇摇头，不够，不够！泪水顺着他的老脸往下落，浑浊得跟泔水似的。齐光禄说，爸，您永远都是我们敬重的爸爸！说罢拉着光荣和弟弟一起跪下了。这是他第一次喊他爸，也是最后一次了。

二十二

新上任的公安局长郑毅，原来是周友邦挂职那个县一个乡镇的党委书记，因为计划生育工作失误被免职。后来上级安排他到市公安局防暴大队任副队长，工作期间成绩突出，提拔到天中县县公安局任局长。据说他在市局工作时就和查卫东很熟悉，与查卫东的几个同学也过从甚密。但据后来的调查证明，他和查卫东也仅仅是正常的工作关系。他到这个县任局长时，查卫东已经被"双开"，在家赋闲。也从来没人看到过他在县里跟查卫东接触过。

我来这个县挂职之前他就被调离了公安队伍。据熟悉他的同志讲，他是个非常正派，也非常敬业的人。简直是个工作狂，从来没休息过星期天节假日。他所制定的"白天要让群众看到警察，晚上要让群众看到警灯"的工作目标，使这个位于鄂豫皖三省交界、社会治安非常混乱的县，变成公安部表彰的先进单位。所以，他在群众中的口碑非常好，一直到现在，大家说起他还交口称赞。

他到这个县任职之后，在对过去所办理的案件进行梳理的过程中，发现了齐光禄和牛光荣一案。他认为，就案件所涉及的事实，对牛光荣采取劳教措施显然是处罚过当。但是，这么轻易地放过齐光禄，就是对法律的亵渎，毕竟他的行为已经构成了强奸罪。而这个罪是暴力犯罪，公安机关不能与当事人进行协商私下处理。他将此案件批给刑侦队，并责成政委指导纪检监察部门督办此案。

政委是一个老公安，他比局长到这个县早，对此案件也比较熟悉。他给局长的建议是，这个事情已经处理完毕，里边的问题非常棘手，不能再触及矛盾，引发新的问题了。

局长说："为什么棘手？为什么会形成矛盾？就是没依法办事嘛！事情要想简单，就只能坚持一条原则：正本清源，从根子上解决问题！"

政委没再坚持自己的意见，他要维护班子的团结。虽然政委和局长分别是公安局的党政一把手，但是真正的一把手只有局长一人。

刑侦队去抓齐光禄的时候，他正带着几个员工在店里忙活。最近他又代理了两家知名品牌的肉制品，坠子原来设想的开连锁店的目标眼看着就要变成现实。新店铺的地方已经找好，合同也已经签过，就差付款了。

后妈带着光荣和弟弟回老家给坠子上坟去了，今天是他的周年。等他们回来天已经很晚了。光荣看到店员交给她的对齐光禄刑事拘留通知书，罪名是涉嫌强奸。她把通知书递给弟弟，呆呆地坐在床边，一句话也不说。后妈从弟弟手里接过通知书，看了看，跟光荣说，今天太晚了，有什么事情等到明天再说吧。

光荣定定地看着桌上的一片灯光，始终没说一句话。

后妈做好饭给光荣端过来。光荣埋头就吃，吃完倒头便睡。后妈不放心，又过来看她，发现她躺在床上直直地睁着眼睛看着天花板，并没有睡的意思。后妈说："想开点光荣，没有锯不倒的树，也没有蹚不过去的河。咱们留得青山在，不怕没柴烧。"

光荣这才开口说话，她说："人要是想死就死多好！"后妈为她掖了掖被子，说："别说傻话了，咱们慢慢来。人就是再没本事也不能被冤枉死。明天就去找他们说理去！"

"妈！"光荣瞪着眼睛，并没看后妈，好像是说给自己听，"他们要是再抓我，您无论如何得帮我拦着，给我留点死的时间！"

后妈的手停留在被子上，看着光荣，半天没说话。

光荣以为她没听清，抓住后妈的手，把刚才的话又重复了一遍。

第二天早上起来，后妈已经把早餐买回来了。今天光荣好像特别能吃，吃了两根油条两个鸡蛋，还喝了一碗豆浆。后妈让弟弟搀扶着光荣,三个人一起来到县公安局,问了半天人家才告诉他们刑侦队在五楼。他们在一间大办公室找到了办案人员。办案人员告诉他们说,齐光禄已经送交看守所拘押了,这个案件正在侦查之中,不能透露任何细节。

"那我们至少应该知道为什么抓人吧?"后妈说。

"不是已经把通知送达你们了?强奸!"办案人员斩钉截铁地说,后来想了想又补充道,"涉嫌强奸。"

"他强奸谁了?是这个孩子吗?"后妈用手指着光荣,"他们都过成夫妻这么多年了,这还算强奸吗?"

"照你说这么简单,如果杀个人,一百年后就不是杀人犯了!"办案人员不耐烦地看着他们。

"当时你们劳教光荣的时候是怎么说的?难道连你们公安说话也不算话了吗?"

"滚出去!"办案人员怒不可遏,一拍桌子站了起来。弟弟赶紧过去护住母亲。

"老天爷还不睁开眼吗?"光荣突然仰头大叫一声,边喊边朝通往阳台的门口走去。后妈见状,失声尖叫:"光荣——"话音未落,牛光荣已经从阳台上一头扎了下去。

二十三

县城东南角有一个老体育场,过去曾经是开批斗大会和枪毙人的地方。谁要是诅咒某个人,总爱说早晚非把你送到体育场去不可!现在它已经被围在县城中心了,平时县里的重大活动或者展销会什么的,偶尔还会用一下。因为进出不方便,几届人代会都提议建新体育场。新体育场拉拉扯扯建了两年多,还没正式交付使用。所以市民们早晚活动还是到这里来。

每天早上,查卫东来得都比较早。他一般五点多钟就出门了,这是他多年来养成的职业习惯。到了体育场,简单热一下身,他便围着跑道跑起来。他每天都坚持跑四十圈,十六公里。如果没有意外情况,比如极端天气或者大型活动占了跑道,即使一般的刮风下雨天气,他都不会停下来。他有这种韧劲,一直都有。

被"双开"之后,查卫东一直在家赋闲。对于自己的处分,他再也没有提起过。肉铺子还给齐光禄之后,小舅子张鹤天开了一家出租车公司,让他去管业务。开始他不想去,后来经不住老婆左右央求,去跑了几个月,又回来了。他和小舅子俩人性格合不来,他也知道小舅子从骨子里看不起他。而且平时他不大爱说话,什么事情喜欢做了再说,甚至只做不说,更不爱跟人抬杠。小舅子是个嘴巴比脸还大的家伙，什么事情八字还没一撇，已经广播得满城风雨了。再一个，他也特爱抬杠，查卫东觉得他是世界上最爱抬杠的人。不管你说什么，他先插上一句，谁告诉你是这样？你还没与他争辩，他手一挥打断你，你知不知道啊？到最后，反正就他知道，谁都不能知道。

可是，在查卫东心里，小舅子也不是个坏人。跟他姐的性格一样，四肢发达头脑简单，讲义气，够朋友，对人从来也不知道提防，不管自己吃多大苦受多大罪，也得先把朋友打发舒坦。从公安局被清退之后，他在局里比查卫东的人脉都广，办事能力也比他强。查卫东之所以不想跟他在一起搅和，主要是害怕性格不合，到最后会伤害相互之间的感情，进而影响到家庭关系。老婆不管过去怎么样，现在对他不错，什么事情都由着他的性子来。尤其是出事之后，处处想着他的感受，总害怕他再受到什么伤害。他觉得自己没看错人。

在家闲着没事干，查卫东就练练书法，教教孩子的功课，偶尔回老家陪老人住几天，其余的时间都用来锻炼身体。这几天天气一直不好，没一点风，一天到晚雾气腾腾的，对面看不见人。老体育场因为裹在城内，被各种油烟、灰尘、雾霾包围着，像一锅浑汤，根本没法跑步。于是，他就独自跑到新体育场。那里的跑道基本完工了，运动场正在植草皮，围墙还没拉起来。

到新体育场的第一天,他发现只有自己一个人在这里跑。这里毕竟离城区较远,而且交通也不是很方便,城里到这里的主路还没修好。第二天,四十圈快跑完的时候,他发现多了一个人。那人是相对着他的方向跑的,跑起来很慢,好像腿脚不是很方便。跑近了,俩人打了个照面。虽然没有灯光,看不很清楚,但他还是觉得这人有点面熟,想不起来在哪里见过。他想主动打个招呼,后来想想怕人家认出自己,就算了。

牛光荣跳楼之后,县委害怕事情闹大,要求公安局立即撤销齐光禄案件,先把人放了,听候处理。其实也没什么好处理的,只要当事人不上访闹事,上级不追查责任,事情就会慢慢稀释,无非是政府赔几个钱,大事化小小事化了。齐光禄释放出来之后,确实没闹一点动静,也很少出门。倒是光荣的后妈和弟弟到县委政府闹过几次,都被工作人员劝阻回去了。

齐光禄把铺子交给弟弟,什么事情都不想费心劳神了。每天早上,他背着一个羽毛球拍袋,待在查卫东楼下等他下楼,再跟在他后面去体育场。到体育场,他就把袋子放在身边,看着查卫东跑步。一般情况下,他都是在查卫东跑到第三十七、三十八圈的时候跟上去。那时候查卫东的体力已经消耗得差不多了，而且快达到目标的时候，人也比较容易松劲儿。但是，在老体育场活动的人太多，他试着几次靠近查卫东，都没有下手的机会。他等着雨雪天气的到来，可是这个冬天特别干燥，一直无雨。

后来查卫东转移到新体育场，他在后面跟不上，就没去。

第二天，他骑着自行车，老早就到了这里。走在路上他就感觉到起风了，但风还不太大。过了一会儿，风刮得越来越大，他担心查卫东不会来。正在踌躇间，查卫东已经过来了。他看着查卫东热了热身，开始跑起来。他就坐在旁边等着他。查卫东跑到第三十八圈，他把拍袋打开，里面是一个亮黄的绸布包。再打开布包，包里裹着银光闪闪的日本刀，関孫六。他把刀别到身后的腰带上，逆着查卫东的方向跑起来。那已经是查卫东跑的第三十九圈了。由于两个人离得比较远，他的腿脚又不方便，所以没来得及靠上去。最后一圈，第四十圈，他跑得很慢。等查卫东跑过来的时候，他捂着腰站住了，哎哟哎哟地喊叫着。查卫东一边喘着粗气一边靠过来，伸手扶他。他猛地一转身，手里一道寒光划过，刀子在风中发出嗖的一声鸣响。查卫东没来得及躲避，刀已经到了脖子上，划出一个大口子，鲜血喷涌而出。查卫东往后闪了一下，惊恐地瞪了他一眼，双手像要拥抱似的伸向他。齐光禄又举起刀扑上去。谁知查卫东却仰面朝后倒去。齐光禄骑到查卫东的身子上,像劈柴一样猛砍起来。这把刀出人意料的锋利,血肉像木屑般乱飞。那种利索和痛快,给了他极大的满足。愤怒和悲哀已经脱壳而出,离他而去。他的注意力完全集中在刀上了,忘记了周围的一切。他唯一的担心就是,身下之物不够喂这把刀,以延续他的狂欢。一下、两下、三下……他快活得泪流满面。你他妈的日本鬼子!真是一把好刀啊!

二十四

两年的挂职说结束就结束了,回头想想几乎是眨眼之间。时间虽然很短,但在这片历史层层沉积的土地上,我还是感受到了一种厚重、柔韧而又沉闷的东西。这东西莫可名状,黏糊糊的,又是若即若离的。但是我知道,从此之后,这些黏糊糊的东西就像学弟说的苦涩之后的味道一样,将灌注进我的作品里,成为我思想的一部分。

我在想,当地人把汝河喊作回头河,除了地理因素,有没有文化或历史因素?离开天中县的前一天,我站在刚刚通车不久的汝河大桥上久久不愿离去。我顺着桥面,把两边的栏杆拍了个遍,好像这是自己的孩子似的。河面上升腾着雾气,很稀薄,但也很执着,一旦升到与河堤平行的位置,便被风吹散,瞬间就了无踪影。

人类与河流的关系甚是密切,我们说起是哪里人,总是喜欢说靠近哪条河,好像我们的根子就扎在水里。谁说不是呢?我们逐水而居,人生路上遭遇大喜大悲,还老是想着要不要回头,心里总是湿漉漉的。

我忽然想起他们讲的坠子的一个笑话。有一次他唱完戏,跟村里人聊天说(那时他还没当上经理),等我哪天成功了,非到"局部"去看看不可!人家问,"局部"在哪里?他说,"局部"你们都不知道啊?中央气象台天气预报,不是说局部有雨,就是说局部干旱,那儿肯定不是个小地方!

对于我们来说,这个笑话既很可笑,也很可怜。而对于常年生活在偏僻山区里的人们来说,也许局部就是他们的整个世界,或者一生的梦想。坠子离开宾馆并再次"成功"之后,村里人进城找他,只听说他今天在这里,明天在那里,神龙见首不见尾。大家便在私下里议论,弄不好他真是到"局部"去了。

迷 离

安小卉是个生活中多少有点儿迷离的女人。不是神秘的那种迷，也不是故意踩在人生边上的那种离，而是种天然，用纯粹和纯情都不太合适。反正生活是什么样子就是什么样子，她好像对一切都不着力。

能让安小卉感兴趣的是那些自然中的事物，比如春天来的时候，她常常会立在金子般柔和的阳光下眯起眼睛，柔嫩的树叶儿还有那些飘浮在空气中无穷无尽的白色的茸毛儿，都会让她长时间地对它们倾诉。有一只绚丽的蝴蝶飞过来，那会令她惊喜万分。而秋天里高远而白蓝的天空下的那些红红黄黄的景致就更不一般。有时她站在一棵树下，会觉得自己就和这棵树有了息息相关的依托。如果有一片叶子落下来，碰巧打在她的头上或者肩膀上,她的眼泪就会流出来,表情是微微笑着的。她看天,有点感恩似的。田野里开放着的一朵野花,一个奔跑着的小女孩,一条狗,这些都会让她激动。她沉浸在自我里,喃喃地低语,好像她对一片叶子一朵花要比对一个人更容易表达自己,就那样不管不顾地让情感裸露着。

安小卉的丈夫李铁当初被她感动,很可能就是因为她的这种虚化的性情。她见到一条小河就和小河说话,见到一只飞鸟就同鸟儿打招呼。当李铁和她说话的时候,她就满目的不知所措,仿佛她并不懂得如何与同类进行交流。

李铁是在他们读大二那一年的一次郊游时向她发起"冲锋"的。当时"大敌"当前,很多男同学都喜欢她。他想,我不能再等了。而且,与她这样与人隔绝得有点胆怯的女孩交往不但需要足够的时间,还要有足够的耐心。他感觉那时已经爱她爱得发了疯,其实那只不过是他当时的感觉罢了。年轻时爱一个人,并不知道自己要的是什么,也不知道对方能让自己爱的是什么,而是哪一个人先撞入了,就把亟待发泄的情感全部寄托在了撞入者身上。李铁并没想到他攻陷安小卉会是那样轻而易举。

那次郊游,安小卉常常一个人落在最后面,她比别的人要办的事情多,是那些花呀朵呀小虫呀或者是一头埋头吃草的驴子，不停地让她停下来。要么她就在许多人驻足在某一个地方指点江山的时候不管不顾地走到很远的前面去了。她几乎不在意一直追随在她身边的李铁，她的结着长辫儿的头和脸一半是因为得了春天阳光的照射，一半是因为内心里的激动，毛茸茸的粉嫩着，看上去多少有些不真实的感觉。李铁有一会儿很恍然，仿佛自己面前站的，是从波旁时期的油画里走出的一位天使。反正他顾不得想那么多了，爱就是爱，没有必要仔细地追究。李铁追随在安小卉的身旁，有时候递过去几块饼干。安小卉接过去就吃了，那时她刚好觉得有一点饿。李铁递过去一壶水，安小卉接过去又喝了。安小卉觉得有点热，她脱去了裙子外面的外套，李铁就接过来拿在手上。他们之间的交接衔接得非常自然，特别是安小卉，她差不多是把李铁当成了她自身的一部分，完成那些动作就像是自己多长了一只手。

这些事情极其自然地发生在他们这一对男女之间，也许不完全算是爱情，但绝对算是缘分。安小卉那天在快要和李铁分手的时候，终于把眼睛定格在了他的脸上。

李铁抓住了时机。他说，安小卉，我喜欢你！

李小卉定定地看了他好大一会儿，回答说：好吧！

没有通常的那些女孩儿面对求爱者的娇羞，甚至少了一点必要的矜持。她扑朔迷离的大眼睛在他身上带点欢喜地一掠而过,然后她转过身去,走了。

安小卉对李铁的这种态度让他感到他和那些田野里的活物没有什么本质的分别。年轻的李铁应该觉得有些失落,并没有遭遇到他内心期望的那种热切。可是李铁并没有那样去想。李铁觉得自己虽然被安小卉同那些动物植物剪接在一起,但却让他感受到另外一种形式的浪漫。没办法,爱一个人会连她的小缺点都爱。恋爱中的李铁,被这种激情拍打着,想,安小卉只有对待他才是这样啊!

李铁和安小卉酝酿了四年的感情,确切说是李铁带着她走过了四年。在这恋爱的四年里,几乎没有谈情说爱。李铁常常带着她散步,偶尔也带着她出去吃一顿饭。李铁在和她一起看电影的时候偷偷拉起她的手,窝在自己温湿的手心里。李铁实在按捺不住时亲她一下或者抱她一下。一切都是李铁安排的,李铁要怎么样就怎么样。这开始很让李铁愉悦,有一种成就感。可后来李铁越想越后怕,幸亏是我提前抓住了她,如果是换了一个坏蛋该怎么办呢?这时,安小卉就像是读懂了他眼中的疑虑似的,用另一种不须言述的方式告诉他,他们之间的一切都是提前预备好的,不会有如果。李铁就有了一种感动,那是被自己所感动,他觉得自己有了一种神圣的使命感,一种舍我其谁的责任。

安小卉大学毕业满一个年头时嫁给了李铁，当然是李铁提出要娶她。李铁在同她的一次散步将要结束的时候拉住了她的手。他说，安小卉，我要娶你！

安小卉定定地看了他好大一会儿，说，好吧！

仍然是扑朔迷离的大眼睛在李铁身上带点欢喜地一掠而过，那情形和当年他向她求爱的时候几乎没有任何改变。只是这次她还没有转身走开，李铁就抱住了她。

面对真正的生活，安小卉可没有了那份敏感。住什么样的房子，两室一厅还是三室一厅？房间里该用什么样的家具，买成品还是自己做？具体怎么布置，保姆睡书房还是睡储藏间？一切完全由李铁操持，李铁怎么说，安小卉仍然都只是那一句话，好吧！这还仅仅是开始，在一起生活起来，李铁才知道什么叫操心。小到吃什么饭穿什么衣服，大到什么时候生孩子，生男孩还是生女孩，安小卉好像从来不知道应该担忧什么或者不担忧什么，要什么或者舍弃什么。对所有的一切，好的不好的，她都是微笑着，安静地承接，然后说，好吧！日子对于她真的就是小河淌水，没有什么东西改变它，也没有什么人试图去改变它。她从不祈求什么，她就更容易得到满足和安详。

安小卉嫁给李铁的第二年生了一个女儿，她觉得这简直是一件意外的惊喜。

春天里一只蝴蝶飞过来！

秋天里一片掉落的树叶！

雨后出现一道亮丽的彩虹！

一个攥着拳头声嘶力竭的女儿！

安小卉的女儿很漂亮，她就无法想象还有哪个孩子比这个更好。母爱对她也许有了一点点的触动，生活更有了一些真实的意味。她仰望天空，好像感谢它的赐予。如果说孩子是她生命的一部分，李铁就成了遮挡在她前面的一株根深蒂固枝繁叶茂的大树。

安小卉毕业后分配到市档案局做文员，李铁觉得这工作对她再合适不过。她工作起来很轻松，没有事做的时候就在纸上写下当时的心情，她对这个世界的感激和爱，她不习惯用语言表达的情绪。她在纸上书写得很精彩，连她自己都觉得出乎意料。为了证实自己的判断，她悄悄地把写好的稿子寄了出去。她给自己取了个笔名叫舒放，以至于过了好几个年头，她已经在不小的范围里有了一定的影响，李铁一点都没有觉察。

李铁在他三十八岁那一年升到了副市长的位置上，在这之前他已经在很多岗位上锤炼过了。先是市委的秘书，而后是市乡镇企业局的局长，后来又到一个区里当了几年区委书记，再后来，就是现在，他被提升为这个城市的副市长。丈夫的升迁对安小卉来说，仅仅是档案上的几行字或者一页纸而已，比如"市委任命李铁同志任中共××区党委书记"，"副市长李铁，18日带领公检法等部门的领导，就群众反映的一些问题召开现场办公会"，等等。如果这些事情不对她的家庭造成影响，李铁的任何一个职务对她都是没有意义的。当然她在不知不觉中是分享了丈夫的成果的，房子越换越大，车子越坐越小，可她只是当作是生活的普通给予。

安小卉三十几年的生命历程中没有遭遇过让她刻骨铭心的事儿。她的父母亲就是领导干部，在她之前他们生的都是男孩，这样在爸妈的眼里她就成了宝贝。安小卉小的时候就比别的孩子乖，她的哥哥们也把她当宝贝。安小卉是带着保姆嫁给李铁的，她妈妈唯恐唯一的女儿受别人家的气，就让自己远房亲戚家的女孩陪女儿一起生活。那个女孩管李铁叫哥哥，管安小卉叫姐姐。安小卉待她如同亲生妹妹。女孩在他们家里生活了七年，从十五岁到二十二岁。后来是妈妈给她安排了工作又把她嫁掉。李小卉在家里不操心是有道理的，除了有保姆的照顾外，主要还有李铁的呵护。李铁有一副非常强壮的身板，本来身体素质就好，他又特别注意养护和锻炼，从来没有感觉到过精力不济。这和安小卉形成了强烈的反差，要说安小卉的身体也没有什么毛病，就是看上去弱，说话屏声敛气，走路轻轻的，好像不是一步步地走而是在飘。李铁天生勤快，又有过剩的精力，保姆负责细碎的家务，需要有对外的应酬事或者男人打点的力气活他都全部承担了。在外面，李铁从普通的秘书开始，一直做到副市长，对家庭的态度一点儿都没有改变。安小卉适应了他的照顾，他也早已习惯了安小卉的与世无争。

　　李铁是在电视上看到安小卉和女主持人对话的，他大吃一惊。这个女人分明是他老婆安小卉，可主持人却称呼她为舒放。她居然叫舒放！她这些年还写了许多的文章！李铁开始还不以为意，后来就有了一种说不出来的滋味。安小卉对着电视镜头显得很平静，说话依然屏声敛气，但却在她那波澜不兴的表述里，道出了许多深刻的思想，有些甚至是李铁都没有想到的。李铁突然之间就迷惑了，这个在他枕边睡了十几年的女人，好像从来没和他说过这么多话，也从来没有这样说过话。

　　安小卉和李铁的女儿李安妮十二岁了，女儿在很多方面都更像安小卉。李铁非常疼爱安妮，许多时候他甚至不放心保姆照顾女儿，有时间他就帮助女儿擦鼻涕呀系鞋带呀洗澡呀，照顾她吃饭穿衣写作业。女儿对爸爸也是非常依赖。李铁照顾女儿的时候安小卉常常跟在他们身边转悠，她有时也想帮他，可是李铁对她对女儿的帮助显然不放心，就连安妮也会嫌弃她弄得不好。安小卉干脆就撒手不管了，独自看书，或者对着窗子外面发呆。现在除了看书和发呆,她有时还到书房里写写文章。从她在电视上露面后,她已经开始在家里写文章了。李铁给她买了台电脑。

安小卉生活得很安心,她觉得日子没有什么改变,一切都在正常的轨道上运行着。她正常上班,每个月发九百多元的工资;她写文章,有时稿费比工资拿的还多。她很幸福,她从来没有过什么不满足。

那一天照例是由李铁照顾女儿睡觉,李铁忙完后,自己也洗了睡了。安小卉关了电脑悄无声息地躺到了李铁的身边。按照惯例李铁会爱抚她一下,有时说几句话,有时各自看一会儿书。那天他们躺下后李铁并没有抚摸安小卉。李铁说,我觉得你现在离开我,也可以独立生活了!

李铁说了就睡了。安小卉听了李铁的话只是笑笑,看着李铁睡了她也就睡了,睡了一会儿,却从恍惚状态中猝然惊醒。安小卉不明白李铁说的那句话是什么意思。她看看李铁,可惜李铁已经睡着了。换个其他人,也许会把李铁从被窝里拉起来问个究竟,但安小卉不会这样。我们知道,安小卉是个对生活中的琐事不爱思考的女人,但李铁的这句话却引出了她的许多思考。

而且,追根求源,这和她在电视上露面后,李铁对她的态度有关。

其实应该说，李铁对她的态度，也没什么大的改变。

那么，李铁在这个时候，说出这样的话来，到底是什么意思呢？

李铁是责怪我不会生活吗？

李铁是嫌弃我不够独立吗？

李铁是自己想要求独立吗？

安小卉在黑暗中想出了一身汗。安小卉第一次找不到心里的平静了。

此后的两天里，安小卉一直在观察李铁。李铁并没有表现出什么异样的地方，他很沉得住气。是安小卉自己打破了自己的平静，她最近几年曾经听到过不少官场里的事情，他们周围的熟人也发生过许多故事。比如某某的丈夫有了外遇，比如某某领导已经离了婚，又娶了一个年轻的姑娘。安小卉不是听不懂，她只是听进不去，她觉得那些事情离她很遥远，甚至和她没有任何关系。李铁会怎么样？他在外面有过或者有了事情吗？安小卉这样一思考，她的脸就黄了起来，甚至有点儿尖。过去她的眼睛总是迷迷蒙蒙的样子，现在却常常定睛望着李铁，这让李铁十分不舒服。她不对他说什么，就那么望着。李铁不是没有发现安小卉有了变化，李铁本来是可以和她谈一谈的，但是李铁毕竟是当了副市长的人，在此之前他还当过几年区委书记，他很沉得住气。他想，问题得让它自己暴露。

安小卉开始做家务，很多事情她不让保姆弄，全是自己亲自干。她哆里哆嗦地做家事，笨手笨脚地给李铁和安妮盛饭添汤。有一次她给李铁盛汤的时候，因为紧张弄了他一裤子的汤水，后来又把安妮的勺子碰到了地上。保姆在一边埋头吃自己的饭。李铁想说，你这是何苦呢？可是李铁却没有说，他想，她干就让她干吧！李铁记得他在吃饭的时间去过市委书记的家，也是夫人给他盛的汤。

安小卉从不刻意地打扮自己，始终是那种天然的本色。她当姑娘的时候梳了一条独辫，生了安妮就在后面轻轻地绾了。安小卉到理发店洗头，店员劝她把头发烫一烫。因为是熟客，店员说，烫了可以改变一下形象，不然老是一个样子。安小卉烫了头发，半长不长地在肩上披着。安小卉本来是个在自然状态下才能显示个性的女人，烫了头发就有点不伦不类了。李铁看了非常不开心，李铁本来想说她几句，想想她最近的表现，却又把到了嘴边的话又咽了回去。他想，烫就烫吧，别的领导干部的女人都懂得修饰，何必让自己的女人像张白纸一样。

安小卉和李铁生活了十几年后，突然发现自己是离不开这个男人的。不但她离不开他，安妮更不能离开他。想一想觉得有点害怕,想一想李铁实在是难得。李铁好,体贴、善良,知道她需要什么,她不说话李铁就能知晓她的意思。要是没有了李铁,她就没有了生活。她这一阵子一直想告诉他,她离开他没有办法生活。她根本就不想离开他。可她搞不清楚李铁的想法,她不敢轻易表白,她更不知道该怎样表白。有一天她在他们躺在床上的时候终于说了一句,李铁,我喜欢和你在一起。她的声音很小,像是在耳语。李铁那一会儿已经差不多睡着了,他常常睡得很快,他当了副市长以后感觉很累,所以他睡得很快。实际上他们一起生活的这许多年,安小卉几乎没有喊过几次他的名字,如果他不是快要睡着了,他是会感动的,他会感动地抱她,或许还会和她做一次爱。他那一会儿,是真的太疲倦了。他咕哝了一句,睡吧,就径自睡了。

安小卉现在仿佛才意识到,她根本没有学会怎样和爱人在一起生活。她觉得自己是那么笨。

这的确是一个严重的问题。

安小卉瘦起来,走路就更像飘,她常常走到李铁的身边李铁都不知道。安小卉的皮肤很白,若是在夏天她简直白得透亮。现在就是夏天,她瘦起来,像张纸片一样,飘飘然在屋子里晃动,弄得李铁心神不宁。李铁也趁她不注意的时候打量她,他不明白自己当初爱的究竟是这个女人的什么。

李铁的秘书小马刚刚结婚,两个人还正处在磨合期,小马和新媳妇无所顾忌地吵,有时候还动手。突然有那么一天,竟然打到办公室里来了。新娘子还像一朵鲜花一样娇嫩,关键是她的泼,嘟着小嘴发怒和撒娇,对李铁也撒娇,又哭又闹地让副市长给她做主,不然就去怎么怎么的。李铁一点都不嫌烦,居然真的被她唬住了,板起面孔训斥小马。刚说了不几句,小两口儿却又笑起来。刚刚还闹得泼猴一般,一会儿的工夫又好了。两个人反而给李铁道了歉,出了门就勾肩搭背的。看得李铁眼都直了,李铁想一想,心里突然堵得厉害,要是安小卉也泼起来,能和他吵一架就好了。他陷在这种沉闷的婚姻里有多久了?好像有一辈子了,这一辈子他们俩连一句嘴都没拌过。想一想,这是多么让人垂头丧气的事情啊!人生中有许多东西是不能或缺的,包括暴力。他现在才明白了古人所谓阴阳相生相克的道理,没有粗暴,哪有温柔?没有丑,怎么会有美?

但李铁毕竟是个有责任心的男人,他从来都没有想过要对不起安小卉。尤其是在安小卉面前,他觉得自己更像个父亲。但是,现在安小卉的眼睛里有了一种沉重的东西,盯他的时候就像石头打在他心上,看得李铁终于沉不住气了,他就想安慰安小卉。但是,他又不知道问题出在哪里。

李铁刻意地对安小卉好起来,睡觉前他准备好了要对她说上几句安慰话。因为话是准备好了的,像是背台词。安小卉惊讶地听了,什么话都不说。一连几天,倒是李铁自己品出了演戏的味道。李铁烦躁起来,自己也觉得自己假模假式的,那一点点的真心就真的没有了。比如他说,小卉,过了这么多年,我才知道真的离不开你,而脸上的表情却是试试探探的样子。安小卉就更加坚定自己的猜想,他爱我的时候从来不这样表白。再比如他说,小卉,你最近太消瘦了,你一定要注意把自己养好啊!他说话的时候不敢看她的眼睛,看着别处,安小卉就觉得他是真的要离开自己了。李铁说,小卉,你凡事都要想开一些,该说出来的事就说出来,你往后一个人还可以写写文章。安小卉听了脸都白了。李铁说,我要是做错了事情你可以骂我。安小卉想,这是开场白,已经开始道歉了!

李铁努力做了几次,像是用锤子敲打空气,越使劲越闪失得没有着落。李铁想,谁他妈的遇到这么个女人也会疯掉的,爱怎样就怎样吧!

李铁开始拖延回家的时间,过去他一般尽可能不在外面陪人吃饭,现在他常常找人出去吃饭。李铁回家也是埋头吃饭,上床就睡,对待安妮也没有了以前的耐心。安妮招呼他,他就说,你长大了,不要再总是缠着爸爸了。

安小卉在一旁听了,眼神就变成直的了。安小卉想,李铁你是打好了主意的?

李铁想,安小卉我就这样了,我看你到底卖啥药!

安小卉现在盛饭的技术已经很娴熟,安小卉还开始学着用毛衣针织东西。她织的时候不知道怎么样让指头灵活,太着力,浑身的力气都加强在手上,一针一针地剜,针下去像是能刺穿一个人,累得满头大汗。她停下来的时候,眼睛就会呆呆地盯着一个地方,但又目中无物,像是鲁迅笔下的人物。李铁看得心惊肉跳。李铁很快就做不到上床就睡了,常常好不容易睡着了却又突然醒来,想尿。他蹑手蹑脚开灯,怕弄醒安小卉。灯一亮,才发现安小卉大睁着眼睛看天花板,像死人一样,半天还回不过神来。李铁被她吓得毛骨悚然,险些大叫起来。李铁不知道什么时候学会了抽烟。他像和烟有仇一样,狠狠地抽下去,再大口大口地吐出来,制造了满屋子的烟雾。空气紧张得像要爆炸。李铁这回是真的害怕回家了,他只有在单位里才能定定神。可是现在在单位他也有了一个新毛病,老是想尿。一天多往洗手间跑几趟倒还不算什么大事,让他害怕的是他有时颠颠儿地跑到尿池跟前,站了半天,一滴尿都没有了,紧跟着就出一身虚汗。

李铁想,无论如何我不能再忍受了。安妮睡了之后,李铁进到卧室,对坐在床头埋头织毛衣的安小卉说,小卉,我们还是分开的好!

事情终于有结果了。安小卉好像一直在等这句话落地,她的心也就落地了。安小卉没说话,又继续织了一阵子毛衣。良久,她手里的毛衣才像一朵败落的花一样匍匐落地。金属针落在木地板上,发出惊天动地的声响。她停了一会儿就开始流泪,没有声音,大滴大滴的眼泪扑嗒扑嗒往下落。李铁的心揪得紧紧的,他不忍心看下去。他想,让她再哭一会儿,再有一小会儿,他必须得抱抱她。可是李铁等了一会儿,安小卉那边却没有动静了。李铁吓了一跳,他伏过身去看,却看见安小卉分明是睡着了。

一颗悬着的石头落地了,终于可以睡个安稳觉了。

李铁很晚都没有睡着,大概是天将亮的时候才迷糊起来,他是进入了梦乡。他梦到安妮一个人在田野里跑,跑得很快。她跑什么呢,这个女孩儿?李铁醒了,天已经大亮,安小卉不见了。李铁紧张起来,他害怕看到她绝望的样子。她这会儿会蜷缩在什么地方?李铁的心都要流出血来了。她会自杀吗?他得赶快找到她,告诉她他还爱她,哪怕是欺骗!

李铁是在阳台上找到安小卉的,她正在悉心地收拾她养的一盆栀子花。那盆花在夜里开了一朵,她的眼睛里流露出孩子一样的惊喜。还有什么比这更灿烂的事情呢?一夜之间她竟然又滋润起来，她的脸上出着微汗，在阳光的照射里每一根汗毛都显得金灿灿的。头发轻轻地绾在脑后，她居然穿着那条当姑娘时的裙子。李铁出现在她跟前，她一点都不惊讶，她迷离地看他。

李铁说，小卉，我不能和你分开！

安小卉定定地看看他又看看她的花说，好吧！

安小卉的那双大眼睛带点喜悦地在他身上扑朔迷离地一掠而过，而后又盯在自己的花瓣上。

安小卉没有走开，李铁也没有抱住她。两个人就那么站着，让李铁觉得，那时间足足有一千年之久。

寂寞的汤丹

汤丹和李逸飞头回见面是在市委宣传工作会议上。汤丹参加这个会很偶然。汤丹在单位是做工会工作的。单位没有宣传科，宣传口的事就乱推，一会儿推给办公室，一会儿推给人事科。最近一段时间搞机构改革，办公室和人事科都比较忙，干脆又推给了工会。汤丹不是机关工会的头儿，工会没有头儿已经差不多两年了。汤丹只是工会的一个副主任科员，工会主席调走以后只剩下汤丹一个人，因此，大小事都是由汤丹一个人全权代理。事实上一个人的工会也是非常清闲的，除了应付一下上边时不时召开的会议，年底给大伙倒腾点儿福利，好像从来没有发生过什么大事。最近汤丹一直担心，机构改革会不会把工会革掉。

汤丹今天参加这个会确实非常愉快。李逸飞做了一个很漂亮的工作报告,别的人鼓掌汤丹也跟着鼓掌,事实上汤丹有些走神。李逸飞本人修饰得和他的报告一样漂亮,汤丹原来在电视上也是见过部长的,今天坐近了才发现其实部长很有丰采,反倒比电视上更年轻一些。

汤丹尽管走了一会儿神,但还是深深为部长的口才折服。看着部长那口若悬河的样子,汤丹无端想起"小乔初嫁了,雄姿英发。羽扇纶巾"这样的词句来,后来的思想跑得就更远。再后来,她就不知道讲的是什么了,只顾着揣测这个男人的方方面面。上午的会议结束时,因为下午要讨论,路远的可以在开会的宾馆吃一顿自助餐。说是每人交十块钱,许多人都走了,后来钱却并没有收,由会议上一并算了。汤丹家住得并不算远,步行十多分钟就能走回去,况且她也不是一个喜欢凑热闹的人,本来想回去吃,却被宣传部的陈君拉住了。

陈君说:"走什么走,大家住在一个城里一年却难得见几回面,聊一聊嘛。"

陈君是汤丹小学时的同学。汤丹想,反正丈夫到省里开会去了,儿子送日托,就在会上吃吧。哪知他们刚坐下,李逸飞就端了一大盘子饭菜走了过来。李逸飞一边吃一边和周围的同志不失分寸地讲着笑话。这让汤丹渐渐活泼了起来。

陈君说我给你们说一个脑筋急转弯吧。

李逸飞说，又是冰箱里面放大象吧？

陈君说，不是不是。一个精神病院里选楼长，院长指着一个脸盆问一群病人这是什么？一个人说是碗，另一个人说是茶杯，只有一个病人说是脸盆。院长说，这个人可以当一楼的楼长。院长第二回真的拿出了一只茶杯问这又是什么？一个病人说痰盂，另一个说盆子，还有一个说花瓶，后来终于有一个说，你们说得都不对，是茶杯。院长说，好，这个人就是二楼的楼长。

陈君故意喝了一口汤停了一小会儿，才继续说："你们猜院长第三次拿出了什么？"他用手比画了一下，"那个细长的擀面条用的东西叫什么？"

别的人都还没有来得及回答，汤丹就抢着说："擀面杖嘛！"

李逸飞哈哈大笑起来，问汤丹："你叫什么名字？"

汤丹认真地说："汤丹呀！"

李逸飞神情严肃地说："汤丹同志三楼的楼长可以让你当了。"

大家哄笑，汤丹也跟着笑。汤丹一边笑一边想着李逸飞朝她笑的时候的样子，心里不免有几分说不出来的别样感受。

吃完饭，李逸飞提议不休息打一会儿纸牌。部办公室的秘书就去买了几副牌来。不知为什么大家仍然把汤丹和李逸飞让在一个桌上。汤丹刚吃完饭,脸红红的更显得细白粉嫩的样子,她一开始和部长挨着坐还有点儿拘谨,见部长随意也就放得开了。大家输了都往自己脸上贴一张纸条,部长输了汤丹也坚持在他脸上贴。大家都说算了。汤丹说,不行,不行,大家都一样。一边说一边强行在部长脸上贴了一张。大家都笑,部长也笑。后来汤丹的一张牌掉在桌子下面去了,汤丹去拾,李逸飞也去帮忙,两个人的手触在了一起。重新坐好气氛突然低落下来,部长好像没了兴趣。打了几圈就散了。

下午讨论时汤丹全然不知道是什么内容,一直有些走神,总是忍不住去注意李逸飞,有几次两人的目光碰在一起,又都像是不经意的样子躲开了。散会的时候李部长和大家握手道别。李部长给汤丹发了一张名片,名片也给了其他的人,但汤丹总觉得是单给她自己的,别的人是沾了她的光。

汤丹以往收了名片总是扔在办公室的一个抽屉里,但是李逸飞的名片她却放在了随身带着的一个钱夹的夹层里。尽管她并没有别的意思,但打开钱夹看到这张名片时,总会若有所思地看一会儿。

机构改革的事终于定下来了,汤丹所在单位的行政编制要减去三分之一。事实上一个也减不去,减来减去还是单位的人，只不过由行政变成了事业，由财政拨款变成自筹自支。换汤不换药。大家开始有些急躁，八方神仙各显神通，纷纷找人打招呼写条子。心里有了把握就又不急了。汤丹却有些着急，汤丹的副主任科员也干了三四年了，她年轻又有学历，工作干得也不错。特别是近两年主持工会工作，委领导明里暗里也多次说过要提拔她干实职。但这次改革方案里除了减人还要减掉几个科室。机关工会在机关本来就可以设可以不设，很有可能首先被裁掉，难怪汤丹会急。若砍了工会，别说实职，各科室人员本来就难以自保，汤丹想再找一个虚职的位置恐怕也难。汤丹大学毕业差不多十年了，对自己的工作能力她是自信的，她还从来没有因为工作的事让人打过招呼。汤丹的丈夫也是一个小企业的头目，要说是有能力替她周旋些什么事情的。要说两夫妻的感情还是不错的，但中间似乎又总有一些说不清的东西阻隔着。汤丹的个性强，她帮不上丈夫什么，她也不想受到丈夫的帮衬，两个人一贯是分得很清的，所以这些事情她根本没有告诉丈夫。

汤丹去找了委领导，领导正被一些条子电话弄得没有办法，确实没有替汤丹设想。

领导说："有些事情确实很不合理，但机构改革是大趋势，总是要涉及一些人的利益，这不是哪一个人能改变得了的，尽量努力做工作；真的照顾不周全同志们也要体谅，要顾全大局。"

汤丹想说，你以前工作上用我的时候怎么不这样说！这真是，改革，改革，反而给领导找了个台阶。

汤丹说："不给我找个合适的地方我就不干了，谁能够把我彻底精减了我就自己搞单干去。我谁的脸色也不看了，省得担心老是被别人涮来涮去的。"

领导的脸被她说得一红一白的，汤丹也不管，转身就走。领导就有些发愣，汤丹一向说话是有分寸的，今天是咋回事儿，是不是心里有了准星儿，有什么人在后面撑着腰？

过了两天，电话就给汤丹的领导打过来了。是市委宣传部部长李逸飞亲自打的。李部长说："汤丹是个很不错的女干部，比较适合搞宣传工作，你们要作为苗子重点培养一下。目前中央正强调加大政治思想工作力度，可以考虑设一个宣传科嘛。机构的问题我可以给有关部门打个招呼。"汤丹的领导半天都没有回过神来，事情办到这个份儿上可见关系之深了。但是，这件事一直到机构改革结束，汤丹如愿当上宣传科科长，对所有的人都还是一个谜。真实的情况只有汤丹一个人清楚。

汤丹这人有一个毛病，生气的时候就出去花钱，钱花出去气也就消了。以往这个办法是针对丈夫的，她烦心的时候不愿意和人斗嘴，她总是说不屑与人争吵。吵来吵去，你有一万个理又有谁替你评判是非？净是落个自己生气。汤丹那天在领导那里生完气，实在是想不出消解的办法，就在心里骂了一声：妈的，不过了！汤丹拎起包原是准备去购物的，掏钱夹时却看见了李逸飞的那张名片。她当时情绪正激动，如果是平心静气时，思想得多一点她未必有勇气打那个电话。她借着一时的冲动往李部长办公室拨了一个号。汤丹没有料到李逸飞的态度会那样热情。严格说她在潜意识里也应该是有一点把握的，只不过她对自己把握的事情不是太肯定。汤丹一贯对人对事凭的是感觉，她是个聪明的女人，没有一点感觉上的认知，在事情的萌芽状态她就会将其否决。

李逸飞说："小汤你还没有把我给忘了呀！"

汤丹说："哪里会呢，我是怕您太忙不敢打扰。"

李逸飞说："忙什么呀忙，活也不是一半天干得完的。有时间可以到我办公室玩嘛，大家都是朋友了，有啥事情咱办得了的一定不要客气。"

受了鼓舞的汤丹真的去了李逸飞的办公室。李部长亲自给她倒了水，让汤丹有一种见到亲人般的感觉，很自然地就把自己面临的问题说了出来。说到激动处眼睛里汪着一点点泪，更是显得一双美目亮晶晶的,发出动人的光泽。李逸飞站起来给她弄了条热水毛巾,又给她的杯子换了一次水。把水送到汤丹的面前时,他直视着汤丹含泪的眼睛说:你怎么还像个孩子似的,工作可以慢慢地做嘛。

这个场景让汤丹燃烧起来,好像一个风雪交加的夜里,一脚踏进了生着热腾腾的炉火的家里。家人特意为等待她而准备的热茶,溢着满屋子的清香,使她好想闭上眼睛,享受一下那种妥帖。

此后的一段日子汤丹无论干什么事情都有些神情恍惚,精神却一直处于一种亢奋状态。汤丹再过一个多月就满二十九岁了,这一段时间却越发的水灵起来,一张脸细白粉嫩的,眼睛又恰似两汪秋水。她深陷在某一种难以自拔的激情里,莫名的兴奋又夹杂着一点隐约的痛苦。这种东西在她的内里并无一丝邪恶的念想。她承认李逸飞是能够让她心仪的那种男人,这里不存在感激的成分,反正至少汤丹不愿意那样想,她觉得那会破坏掉他们之间的一些东西,至于是什么东西连她自己都还说不清楚。她喜欢李逸飞,她仅仅是说喜欢,对她这种外表热情内心冷漠的女人,喜欢已经是不得了的事情。她也能感觉到李逸飞也是喜欢她的,也仅仅是有点儿喜欢。她对他的了解还太少，在那成熟得近乎完美的男人的内里包藏的是怎么一种心态，她一点也不知道。不想知道也是不可能的，只是她不肯把他想得过于复杂化。读大学时她的心理学老师讲过，每一个女人的内心世界永远都有一个按照自己意愿想象的精神恋人。不管别人信不信这一点，汤丹是信的，她把她想象中的形象与以前的男友做过比较，同后来的丈夫做过比较，他们身上的世俗味都太重了一点。她宁可把李逸飞想象成能与她神交的那种，并非真的要有什么事情发生。

汤丹想过给李逸飞打电话，她之所以没有打是因为她对这一切太过于珍惜，她唯恐她不小心会破坏掉一些什么。同时她也真的不清楚该如何继续进行。她这两日正在读张承志的《心灵史》，哲合忍耶的哲学有两句话，第一句话是"伊斯兰的终点，那是无计无力"，第二句话是"川流不息的天命"。汤丹对宗教一无所知，她不甚明白这两句话所要表述的思想，可这两句话却莫名其妙地不停地在她的思想里回荡，撞得她的心空空的疼。

汤丹走在路上，她会想到李逸飞的车子也许随时会在她的身边驶过，她就格外注意自己走路的姿态，尽可能地走出一点韵致来。汤丹坐在办公室里，也想着会突然接到他的电话，所以她接每一个电话时声音就表现得非常悦耳。附近办公的同事们听到她接电话都会凝一会儿神，并不是有意探测她的隐私，其间当然也不能完全排除没有这方面的因素，但是他们真的乐意听到她那甜美的软金属一样的语音。汤丹自己睡觉前也会凝一会儿神，会有一个敏感的问题在心头划过：他在干什么呢？

汤丹怀揣着一个既甜蜜又有一丝痛苦的秘密。这秘密胀得她轻飘飘的，好像有点虚脱。可是回到家来，她又能格外平静。她对自己的理智也感到暗暗吃惊。这些天来，对丈夫她却是格外的温柔，包括房事都进行得很愉快。这倒不是她虚伪，目前对这种事情的思维她还是仅仅限定在她和丈夫之间的。她觉得自己和丈夫之间的一切都完好无损。她并没有想过破坏掉什么或者损害谁，她所做的，充其量就像长途跋涉后，把发烫的脚从鞋子里解放出来，享受一下外面自由自在的凉爽空气。

头天晚上汤丹和丈夫过得非常愉快，早上起床精神越发地好。她先到食街买了早点。卖早点的是一个小伙子，嘴巴有点贫，他说，大姐您亲自买点心，我亲自给您包好。只有汤丹一个人笑，别的买点心的人对他的调皮都似乎已经麻木，他们都绷着脸不笑。有几个好像还没有从睡眠里完全清醒过来，也许是他们的日子过得不太顺心。汤丹的日子还是顺心的，汤丹只是突然想到李逸飞每天吃什么样的早点这个问题，但也仅仅是稍微想了一下，就让这个问题迅速划过去了。汤丹买了早点，又做了两个煎蛋，热了奶。两口子脸上红扑扑地出了门。这样的日子尽管有不尽如人意之处，也不会有太多的缺憾。

汤丹到办公室先把科里的卫生打扫一下，她哼着一支自己编的曲子又拖了走廊的地，大冬天的干了一身小汗。汤丹洗了手，刚刚坐消停电话就脆生生地响了起来。当电话那端李逸飞的声音飘过来的时候，汤丹突然不知道该怎么样讲话了，她那非常悦耳的声音，一下子跑了调。

她说："是你！"

李逸飞大度地笑了。他说："是我呀，我是想问问工作落实得怎么样。还满意吧？"

汤丹努力让自己镇定下来。她没等李逸飞再开口，就赶着半真半假地说了几句感谢的话。她不敢停下来，她唯恐再给李逸飞一个说话的机会，他会说出什么不合时宜的话来。或者完全不是这样，她不想真的听到事情的结果——就像刚才李逸飞说的那样，打电话就是为了问问她的工作吗？如果真是那样的话，会让她比失去工作更痛苦万分。

李逸飞说："我打电话就是想问问你的工作，可真没有别的意思。"

汤丹偷偷地笑了。汤丹想，他压根就不是这个意思，如果是这个意思，他不会这样反复地解释，而且工作的问题，委主任早都会去邀过功了。

汤丹说:"我也没有别的意思,就是从心里想感谢感谢你啊!"

这样说的时候,她的声音已经自如起来。她把"你"说得很重。

李逸飞说:"你呀,说什么感谢不感谢的,你到现在都还把我当外人啊。你要是还把我当外人我可是要生气了。"

汤丹被这句话温暖着,温暖得喉咙都有一点哽咽起来。她好一会儿都说不出话来,她也真的不知道该怎么说,她于是只有沉默着。汤丹一沉默,李逸飞立即就转了话头。

李逸飞说:"小汤你可千万不要客气,我帮这一点忙还不是举手之劳,说不定今后我也有需要你帮忙的地方呢。"

事实上刚才的那一番话已经把他和她拉得很近,大家心里都有点明白,但是谁都不想主动往前走那么一点点。尤其是李逸飞,更懂得恰到好处地控制自己的情绪,没有百分之百的把握,他是不会撤掉理智的盾牌的。李逸飞的话头一转折,那点儿情绪突然就散了。然而既然已经到这个份儿上了,又有点心犹未甘,说出的话仍是试试探探的,却已经没有了初时的自在,他只消再往前走那么一点点,汤丹也许就会不能自持的。但是!他是绝对不会轻易走的!他太过于警觉。是他自己,稍不经意就把自己滑了出去。就恰似一辆出了轨的列车，一旦偏离出去，就再也不能回到原来的轨道上了。而汤丹这样的女人又恰恰太过于自敛，两个人的交谈就变得空洞乏味起来，泛泛地说了一些不着边际的话。好像说出了一点什么又好像什么都没有说。放下电话汤丹突然流了眼泪，表情却分明又是笑着的。这时有人进来，汤丹就说被灰尘迷了眼睛，进来的人看她真的一副笑模样也就信了。

中午下班汤丹有意无意地磨蹭了很大一会儿才离开办公室。在自己家的楼下碰到一个卖豆腐的，这人吆喝豆腐的声音又尖锐又急促，倒是像生着气喊叫一个人的名字。汤丹觉得有点好笑就买了一块豆腐。以往她是不买的，她有点过于爱干净，她宁可跑远一点买那些食品店的东西。

汤丹进了家，丈夫小袁已经先回来了。汤丹虽然对自己说着，我并没有做什么对不起人的事，可心里还是有一丝惭愧。她去做饭，做了一半突然又说不舒服就不做了，径自到床上躺下睡了。她觉得她的脑子乱得像一团棉絮，理也理不成个套就干脆不理了。这样过了半天反倒好了。

汤丹一直没有把单位机构改革的事对小袁说，过了两天，有人打电话到家来说工作。汤丹在电话上把工作交代完之后，却看到小袁坐在自己的身后放下报纸在听她说话，就觉得还是把这事跟他说了好。原本也是没有准备的,一下子就说了出来。汤丹说:"我前一段到市里开宣传会认识了宣传部的李部长,人家可真是个好人,一面之交,这次机构改革他却帮了大忙,点名要我搞宣传。"汤丹有意忽略了打电话的细节。小袁倒是个善解人意的性情中人,但也是个极精明的人。他马上说:"这可得好好地谢谢人家。"说完就看汤丹的脸,汤丹被他看得心里毛毛的,连忙附和说:"我也是这个意思。"小袁就说,那我们就到他家里去一趟,表示一下心意?

汤丹说:"这样不太好吧,人家是领导,我们怎么好随便到人家里去。"

小袁说:"正是因为人家是领导,又没有什么特殊关系,人家帮了这么大的忙我们才要表示一下心意,省得人家说我们不知好歹。"

小袁说到这份儿上,汤丹再说不去就没有一点道理了,心里却悔得七荤八素的。两个人又在拿不拿东西的问题上讨论了一大阵子。汤丹说不拿,小袁却坚持说拿,并且要有分量一些。汤丹说不出拒绝的理由只好说买两箱水果。小袁说少了一点。汤丹这时有点恼了,她说再多我就不去了。小袁这才依了她。

第二天小袁就去买了两箱进口水果。整整一天汤丹的心里都像是装着只活兔子。她几次想给李逸飞提前打个电话，却怎么也想不好该怎么解释。到后来她就想，听天由命吧！她还侥幸地想，也许李逸飞不在家，介绍得含糊一点，先把丈夫这头了结了，回头再向李逸飞解释。

那天晚上汤丹穿了一件颜色很暗的外套，小袁劝她换一换她坚决不换。小袁自己开了车，先前只知道李部长家住在市委常委家属院，可到了院子里才知道无处可问。小袁在前面打电话问朋友，汤丹坐在后座上拼命地控制着不让自己的身体发出颤抖。她几次想提出来回去，可看到小袁那孜孜不倦的样子，又不好开口。她好像是第一次这样，从小到大她都不是个羞于出头露面的人。

开院门的是一个小丫头，汤丹的心里怦怦地跳，她以为她会问得很多，但小姑娘只是多看了他们两眼就把他们放进去了。院子里养了一院子好看的树，汤丹一棵都没有认出是什么。客厅只有女主人一个人在吃饭，女人虽然有一点胖，可仍然看得出是个美人坯子。恰恰是因为胖，一张脸绷得紧紧的，皮肤极好。部长夫人是个十分贤良的女人，热情地让他们坐下。汤丹的心定了一点，磕磕绊绊地说明了来意。汤丹的丈夫倒是个社交高手，三五句话就把部长夫人说得开开心心的。他说："过去我们就听说部长的夫人又漂亮又有气质，虽然没有见过您,光见李部长那么优秀就知道您肯定错不了。这过来一看才知道名不虚传。你们夫妻俩在市里可是被大家视为楷模啊!"

夫人开心地说:"我这个教书匠哪里可以和他比得起。"话说得十分的谦虚,骨子里却透着几分得意。

汤丹则诧异地望着小袁,真会说话啊,他什么时候见到过部长呢?有那么一瞬间她突然觉得就连丈夫也陌生起来。她的丈夫却浑然不觉,还在自顾自地搭讪。

"没有两下子,教师哪里是谁都能当得起的?特别是夫人有这样的身份还不放弃这份劳累的职业,让人敬佩。"

他这句话算是说到部长夫人的心里去了。这夫人师范院校毕业,人的确是要强,是省市连续多年的一级模范教师。夫人的情绪马上飞扬起来。

夫人说:"他当他的部长,我教我的书。什么身份地位的,也只是行业不同罢了,其实他当部长的还不一定有我这个当老师的心里踏实呢。"

两个人聊得越来越起劲,汤丹心里有事,哪里听得进去,坐了几分钟就要告辞。夫人刚刚挑起了谈兴,连忙起身阻拦说,既然先前是熟人,来了就还是见一见他吧。说着就真的给部长打了电话。汤丹想阻拦都来不及。部长那边说马上就回,汤丹人坐着不能动,心却恨不得跳到门外面去迎一迎。她哪里经过这样的事情，心里是一丁点的底子也没有，好像自己是有过天大的见不得人的事情，急于找一个同谋，她似乎觉得李逸飞已经是她的同谋了。李逸飞那么着急地赶着回来，汤丹惊归惊，心里还是有一丝温暖的。

说是十分钟，果然不到十分钟就回来了。汤丹自觉尴尬得不得了，李逸飞却表现得没有任何不妥，就是对汤丹也比往日客气得多。小袁夸他的夫人他也跟着夸自己的夫人，既平朴又不失身份地与他们谈笑，真是做得滴水不漏。那种世故，汤丹在一边看得心里是热了凉凉了又热。但终归是放了心，却又有了一种隐隐的失落。李逸飞同小袁谈得很融洽。谈到汤丹的工作问题，小袁替汤丹说了不少感谢的话，好像汤丹自己是个哑巴，哪里还有往日的伶俐，真是丢人丢到家了。李夫人却非常喜欢，一个劲儿地夸赞汤丹年轻稳重。她说："我就是看不惯现在的一些年轻女干部，一个个那张扬的样子。"一边说一边用眼睛扫李逸飞。李逸飞并不去看汤丹，但也顺着说了一些小汤工作干得不错的官话。告别的时候汤丹明显地感觉到了李逸飞对她刻意的冷淡，当然，另外两个人是看不出什么的，不过是汤丹自己心里有鬼罢了。汤丹那时不敢看大家的眼睛，死盯着右手边的一棵样子很小却是很老的盆景树，这次她看清楚了，是棵白蜡。汤丹的父亲也养树，她多少懂得一点。当时她脑子没有转过圈来，过了很长一段时间以后，汤丹回忆起那天的情景，才想起树修剪得很好。汤丹想，其实李逸飞是很懂得养盆景的。李逸飞和小袁握手道别，却看都没有看汤丹一眼就关了门。小袁说事情办得好，一副开开心心的样子。汤丹也觉得从头到尾都没有什么不妥，神情却恍惚得要命。

　　回到家里汤丹很想立刻去睡了，可她鞋都没有换却先是打开了电视机，她一个台一个台地跳，跳了两遍又反过来看中央一套。时间是二十一点左右的样子，几个台全是广告。小袁也看了一会儿，小袁说："你什么时候变得爱看广告了？"

　　汤丹也不说话。小袁让她去冲凉汤丹不动，他便自己先去洗了。小袁洗完了出来径自去睡了。汤丹这才关了电视机去洗，她把自己关在洗澡间里反锁了门，想了一想又过去把门打开。这是自己的家，家里就只有她和丈夫两个，即便是上了锁，丈夫要进来还不是照样得打开。

　　汤丹一放开水龙头就开始哭泣，她哭得没有一点声音却任凭自己哭得十分放纵。她是觉得有什么地方不对了，却又不知不对在什么地方。想一想也想不出个什么结果，只是想哭，也许是哭得没有任何道理，但是她感觉这样很痛快，她就拼命地哭着。哭了一会儿她又觉得这样也不妥，想打住，眼泪却一点不听话了，简直比水龙头流得还凶。她没有一点办法只好把水龙头关掉了，眼泪这才慢慢地止住，眼睛却是红得像是害了病，她用冷水敷了一会儿又涂了一点粉底子，回到卧室小袁却已经睡着了。汤丹听着丈夫细微的鼾声，看他睡得熟透的样子突然又觉得有几分惭愧，心反而静了下来，渐渐地也就睡了。

汤丹第二天很想给李逸飞打个电话，可她又想，要打也应该是李逸飞先打过来，她等了一天。第二天又等了一天。李逸飞仍然没有打过来，于是汤丹便没有再打过去。

汤丹是个外表放得很开，内里却过于讲究分寸的女人。

汤丹和小袁结婚之前是谈过恋爱的，对象是她的大学同学。两个人的关系虽然没有发展到死去活来，但郎才女貌的一对璧人也是十分招人羡慕的。那时大学里男女关系已经放得很开，恋爱同居的比比皆是，不知道为什么汤丹却一直可笑地坚持着要守身如玉，那男孩也不是个勇往直前的人，几次下来都弄得心灰意冷的，也不敢再提什么非分的要求。也许是她觉得事情并没有十分的把握，她是个干什么事情都强调把握的人。汤丹毕业分配到了当地的机关工作，那男孩却去了深圳，一开始还做汤丹的工作让她辞职过去，后来就不做了，再过了一段时间就提出要分手。汤丹反而有些过意不去，男孩对她还是有情意的，在她身上浪费了这么些年。她明白自己干事情是有点过于理智了，对待感情上的事也是权衡来权衡去的，时间长了还不冷了人家的心。汤丹一点都不恨那个男孩，分了手反而常常想起那人的许多好处。

汤丹现在的丈夫袁胜利是个部队转业干部，他在汤丹之前没有谈过恋爱，小伙子一表人才浑身透着机灵。他家里穷，十几岁就当了兵，在部队待了十多年，一门心思想着进步。后来考了军校，军校毕业又想着升职，根本没有考虑过婚事。他转业的时候军转办的一个人恰好和汤丹熟悉，这人见小伙子不错就给他们俩撮合了一下。两个人认识不到两个月，互相都感觉对方挺合适的就办了婚事。虽然从头到尾都没有找到那种触电般的感觉，婚后的生活还是温馨的。汤丹从心眼里觉得自己可能根本就不是能产生那种感觉的人。

汤丹心神恍惚地过了两日。开始她总是下意识地坐在距电话很近的地方，听到铃声就拿话筒，后来就故意坐得很远了，有电话来她也不接。到了第三日上午，汤丹的心似乎已经安定了，她决定努力把一份拖了几天的机关学习规划写出来。突然有她的电话，汤丹的心跳得差一点从胸口里蹦出去。抱住话筒听了一会儿却是儿子的老师，儿子的老师打电话来是说最近几天幼儿园里有几个孩子患了黄疸肝炎，家长们都忙着给孩子请假。老师的意思是问汤丹要不要也让孩子请两天假避一避。

汤丹放了电话，突然觉得热，出了一身虚汗。不是老师打来电话她几乎都要把儿子忘记了，她难过得只想找个地方把自己藏起来。对面办公的一个小伙子瞪着眼睛看着她，让她觉得自己的失态。她撑着去给自己倒杯水，昨天的茶叶却还在杯子里泡着。她也懒得倒掉就在里面续了一点。茶叶刚泡进杯子里的时候一颗颗的嫩芽儿透着警醒的机灵劲，隔了一夜它们好像全都死了，喝到嘴里就有了股子死尸的味道。好容易定了会儿神，胃却又无端地疼了起来。

下午汤丹赶着把儿子接了回来，她还特意给他买了许多好吃的东西，儿子却恹恹的打不起精神来。晚饭汤丹做了儿子最喜欢吃的包子，儿子看着包子只是一个劲地发呆。汤丹拉他过来一摸小肚子是胀胀的，小袁说一定是在幼儿园里吃了什么不好消化的东西。这孩子一贯贪吃，出现这样的情况也不是第一次，小袁并不介意，找了半粒肥儿丸给他吃了。汤丹却心疼得要命，把儿子搂在怀里抱了一个晚上。儿子才四岁，这么小的一个孩子，汤丹无法对他说点什么，心里却惶恐得要命。儿子像是要惩罚她，到了夜里果然发起烧来。小袁这才跟着急起来，抱着孩子去看了急诊。值班医生说是要等白天上班时间化验一下才能诊断，孩子只是温烧也没有给用药，两口子又抱着孩子回家麻团一样乱了大半宿。天亮的时候大男人和小男人都睡了一会儿，汤丹却是眼都没有合一下。好容易熬到了医院上班时间，赶快喊醒父子二人往医院赶。汤丹慌了一夜，头发都没有顾得理一理，整个人憔悴得像是一片经了霜的白菜叶子。

化验结果很快就出来了，证实儿子已经得了黄疸肝炎。

汤丹抱着孩子坐在候诊室的椅子上哭得一塌糊涂，完全失了平日的丰采。她并不是个爱流眼泪的女人，她生活的近三十个年头里，流的眼泪加在一起也没有最近一段时间多，包括那时和男朋友分手，她都没有流一滴泪水。汤丹不知道自己的精神为何变得如此脆弱。

医生再三安慰夫妻二人，黄疸肝炎只是甲型肝炎，好治，也不会留下任何后遗症。输几天液，十天半个月的，黄疸一退就好了。汤丹只是觉得对不起孩子，好像孩子生这个病全是自己的错。小袁见不会有什么大的妨碍，就松了一口气。给儿子办了住院手续，安置停当了，汤丹这才顾得上给机关打了一个电话请假。汤丹原本是想让小袁去上班的，企业毕竟和机关不一样，比较忙。但是汤丹实在是太累了，儿子的事又太上心，她唯恐自己犯了迷糊误了什么事，就没有让他走。儿子输上液不大一会儿就睡着了，小袁也劝她在儿子的床头休息一下，汤丹就真的眯了一会儿。小袁果然是忙，手机是一个劲儿地响，有时候是说工作的，有时候汤丹没有听明白在说些什么事情，好像还有一个什么人说要来，小袁坚辞，后来就到外面说去了。

汤丹不知道迷糊了多大一会儿，忽然听到一个女人在窗外说话的声音，开始还以为是护士，仔细听一听又不是，使劲睁开眼睛看了一眼，见是一个时髦的女子在和丈夫说话，两个人的神态有点鬼祟的样子，汤丹就疑心自己没有睡醒。她只有印象那女子不漂亮也不难看，年龄却要比自己年轻得多。后来俩人就从窗口外面走开了。汤丹想，人家一定要笑话丈夫的，瞧他太太这个样子，实在是太难看了。小袁什么时候回来的，汤丹就不知道了，她这次是真的睡着了。

医生说十天半个月的就好了，到了第八天，小孩子就像是没事人一样要吃要玩了。汤丹心里欠着儿子，加倍地心疼这个小人儿，医生交代孩子不能吃油腻的，戒了荤又担心营养跟不上。汤丹就把鸡蛋煎了掺了各种蔬菜给孩子包包子，小孩子吃得像头小菜猪一样。汤丹自己却是瘦了一圈，颜色也没有以前的红润了。

到了一个月头上，儿子是彻底好起来。汤丹不放心，又带着他去复查了一次。汤丹就是拿化验单的时候和从电梯上下来的李逸飞夫妇碰了面。汤丹已完全失了往日的从容，脸涨得通红，说出的话更是语无伦次的。李逸飞夫妇倒是很客气，李逸飞的客气却有了更多尊贵的成分，语气也是居高临下的。李夫人说部长是陪着她看脖子的,脖子昨天不小心扭了。部长夫人还让小汤有空去家里玩。部长突然说:"小汤,你丈夫看上去很能干呀!"汤丹不知道部长说这话的意思,就更不知道说什么好了,一张脸眼看着由红变白。部长说完这话,却道了再见拥着夫人进了停在门口的轿车里。有那么几秒钟的时间,汤丹觉得关了门的车子,变成了李逸飞,让她熟悉得辛酸,又陌生得可怕;虽然伸手可及,但永远又是咫尺天涯。车子旁若无人地向前驶去,把道边的一簇开得正好的白蔷薇花荡得好似汤丹的心一样颤巍巍的。车子走了,汤丹的半颗心也像是被拉走了一般,剩下的半颗还记得去给儿子拿化验单。

儿子病了一场,汤丹的心好像骤然安静了下来,但她的心态却大不如从前了。有时候在电视或者报纸上什么地方看到一个人的名字,仍然会泛起一种异样的感觉,有一点淡淡的甜,又有一点微微的忧伤,空虚而又幸福。她喜欢他,并且这种喜欢在她以前的男友和现在的丈夫那里都是不曾有过的。但这种喜欢在她的心里只是一种虚空的喜欢,她是一个为人妻母的女人,她喜欢的也是一个做了人家的丈夫的男人。她就没有一点作为了。

汤丹是一个聪明的女人,汤丹首先明白她的情感是无望的,她望而却步。但感情这种东西,自古以来就是才下眉头却上心头的,哪里能说了就了?况且汤丹已经是关了前门,开了后门的,也只不过是一个人的时候独自想一想,让她完全撇开曾经过往的一切,她又是那样的舍不得。"唉——"夜静更深时她常常在心底叹息,"平生不会相思,才会相思,便害相思"。

过了一段时间,汤丹的单位里分配了一个到省里学习的名额,要求是青年干部。机关的青年干部也不止汤丹一个,她本来是可以去也是可以不去的。汤丹对小袁说,儿子病那一段时间她的神经出了点问题,一直休息不好,她想出去散散心。汤丹以为小袁这里会有点障碍,他这人精明,什么事情都能够处理得很得体,可干什么事情也都是以不损害自己的利益为前提的。像外出学习这样的事情,没有什么益处,女人出门难免又要增加花费,他一向是不支持的。可即便是不支持,他也会把话说得十分婉转。比如去年春天汤丹的单位组织去昆明,一人补助一千块钱,不去的不给。算下来一个人来回需要三千块钱左右。汤丹倒不是舍不得那一千块的经费,主要是想和大家一起玩一回。她对小袁一说,小袁就说,还不如把自己那两千块的路费省下来,找个机会一家人一起去,你自己先去了,回头三口人就没有办法一起去了。汤丹想一想也确实是那个道理,就没再坚持。

这次汤丹却是拿定主意要去,不知道为什么,她想不管丈夫同不同意,她都是要去的。

汤丹没有想到,小袁很爽快地支持她。小袁说,你这段时间是过于劳累了,出去散散心也好。

汤丹走的前一个晚上,小袁拿出两千块钱,说是上半年公司发的奖金让她带着用。汤丹心里有些感动,小袁平时在经济问题上虽然有点小家子气,大事上还是拎得清的。那天晚上两个人过得非常愉快,温存得相互都有点陌生了。

汤丹到了学习班上,条件还算可以,宾馆是公寓式的,三个女人各住一个房间。厨房卫生间是公用的。因为是青年干部培训班,大家年龄都差不多,开始还都有点矜持,一天下来就成了一台戏。大家相互之间是毫不搭界的,谈起话来反而没有一点防备的意思,有时甚至会把自己保留多年的隐私一下子吐露出来。和汤丹同屋的两个女人一个叫汪键另一个叫金子玉。汪键比汤丹还要大两岁,是个生活上放得开嘴巴更放得开的女人。汪键是结过婚的,只是结了又离了,不过现在仍然和离了婚的丈夫一起过。有一天晚上,三个女人又在屋子里聊天。汪键毫不避讳地说,她至少有过三次婚外情的经历。

她这句话本身就让汤丹抓到了小辫子。汤丹不依不饶地说:"那至多呢?"

汪键模样很无赖地回答:"短暂的撞击是不算的。"

金子玉和汤丹同岁,却是个心理年龄尚有几分天真且十分好学的女人,她赶着让汪键谈感受。

汪键说:"能有什么感受,还不是天下乌鸦一般黑!"

金子玉:"第一个和第二个总会有点不一样吧?如果都一样,还换什么换!"

汪键:"第一次婚姻是上当,他手里有几个小钱儿,我有点爱个小财儿,年轻嘛,虚荣心强。结了婚才知道,除了钱他妈的什么都没有了。嫁了他你就成了他的钱财的一部分,一生气他就和我算计我花了他多少多少钱。这个还不算,心眼比钱眼还小,和别的男人说句话他就闹头疼。我看个新闻他都在旁边喊,关了,关了,那哪是咱管的事!"

汪键夸张地学着男人说话的样子,汤丹和金子玉笑得都喘不过气来了。

金子玉:"后来呢?"

汪键:"后来我就爱上了第二个男人。现在说起来好笑,那个时候可是爱得死去活来的,觉得他就是普天下最完美的男人了。人是不错,知识面挺宽的,我丈夫不知道的他全知道,我丈夫办不成的事情在他那里统统是小菜一碟,哄女人也有办法,他可以让你幸福得云山雾罩,然后心甘情愿地为他做一切事情。"

金子玉:"后来呢?"

汪键叹了一口气接着说:"睡了几宿才知道,和他在一起你就必须为他做一切事情,他可以付出他的智商,你却必须用金钱百分之百地购买他的产品。妈的,哪里是亲兄弟明算账啊!和他亲妈都是一分一毫地计较,整个一个自私自利的小男人。"汪键又叹了一口气:"想开了就么回事,理想的男人只是在自己的想象里罢了。"

汤丹:"那怎么还会有后来呢?"

汪键:"不到黄河心不死,到了黄河不死心呀!其实到了第三次,大家都是心照不宣了,双方都不要那么认真,合作愉快。至于爱不爱的最好提都不要提。嘻,你也别说,这样过得倒挺神仙!"

汪键的语气其实是有那么一点沉重的,金子玉却听得一脸的神往,汤丹也是很过瘾的样子。汤丹有自己的生活原则,但对待别人选择的方式她同样是很能够理解的。她读大学的时候就是这样。

汪键有着女侠士一样的性格,有时却不够宽容,并不知道她内心是如何想她身边那些男人的,她的嘴巴却一味地刻薄着,男女之事哪怕是海誓山盟的情缘一经她的口说出来什么都淡了。金子玉受了她的挑拨,思想觉悟也迅速上了一个台阶,也净拣些丈夫的不足来说。这是一个既甜蜜又单纯的女人,和她丈夫是中学同学,没有经过大起大落,生活和爱情都是一帆风顺的,除了自己的丈夫她没有任何情感经历。汤丹既好笑又有点羡慕她们,同时她心里也有一丝小小的庆幸,较之汪键她是安定的,丈夫也还算好。较之金子玉她的生活并不单调。

汤丹躺在洁净而干爽的被子里,心情一点一点地好起来。生活是好的,她周围的事物也是好的,她不爱谁也不恨谁,那一刻,她的心变得异常的纯净。黑夜像只宽宽大大的睡袍,将整个世界都覆载了,她在黑暗的拥裹里重新恢复成一个婴孩。

汤丹有了一个新的情人,这个人是她过去根本不认识的。汤丹与他在一个从没有去过的地方约会,她的情人对她非常好,他一次次地告诉汤丹他爱她。但是她的情人却要把她送回到她丈夫那里去,奇怪的是汤丹并不觉得伤心。他们三个在一个广场中心相遇,那里有鲜花,有草地,有树,还有许多五色的小鸟。这个广场也是汤丹从没有去过的,像想象里的天堂。汤丹觉得所有的一切都是新鲜的,情人、约会、广场,这些平时读起来就让人感觉浪漫又温暖的东西,使汤丹有点激动。她的情人撇下他们走了。她非常想对丈夫表达点什么。她的丈夫只看了她一眼，突然抬手重重地打了她一巴掌。她的嘴角马上流出血来，耳朵也嗡嗡的，听不到任何声音。她丈夫站在她的右首边，在她的左首边有一对男女正在亲热，这么大的声音都没有影响到他们。左前的一个男人则惊愕地盯着她看。汤丹觉得她和这个男人的距离不会超过一米远，他看她的脸像是在看特写。汤丹羞愧极了，脸上几粒淡淡的雀斑还在其次，鼻子下面的一颗粉刺倒是给他看了个清楚。天啊！汤丹捂住脸开始哭泣。

汤丹的哭声像蜜蜂一样嘤嘤嗡嗡地在屋子里盘旋，后来就有人唤了她。汤丹醒来时天已经亮了。穿鞋子的时候她想，一切都是好好的，幸亏只是做了一个梦。

汤丹学习总共才一个月的时间，完全可以坚持到底的。但第二个礼拜日汤丹突然决定回家一次，她有点想儿子。金子玉已经回去两次了，就是她不回去，她丈夫礼拜六也会来看她。汪键主要是社交活动多，正常的上课时间她都要占用，休息日就更不用说了。昨天晚上走了一个，今天一大早又走了一个。汤丹就决定回去了。

火车准确的行驶时间是两个小时二十分钟，汤丹一直看着表。到站之前汤丹没有忘记给丈夫打一个电话。家里和办公室都没有人，手机是关着的。汤丹打了一个车，径自回家去了。

汤丹插钥匙的时候手有点抖，门没有打开。汤丹觉得自己有点好笑，这是自己的家呀，出门还刚刚不到半个月时间。汤丹再开，门仍然没有被打开。汤丹疑心自己把钥匙搞错了，汤丹看了看钥匙并没有错，汤丹再开。这时小袁从里面把门打开了，汤丹松了一口气。汤丹说："我说是咋回事儿，是你在里边上了小锁吧？"她并没有去看小袁的模样和表情，却很快发现了屋子里的另一个人，当然不是她的儿子，而是一个女人。汤丹觉得在什么地方见过，她一向对记人的事情比较迟钝，因为她心里想着儿子，就突然想起是儿子生病时在医院里见过的。汤丹很想说点什么，但是她什么都没有说。倒是那个女的穿好了衣服理直气壮地对小袁说："你送我出去好吗？"

剩汤丹自己，站在没有关门的家里。想想刚才那个大摇大摆进出的女人，门关与不关还有什么意义吗？汤丹没等小袁送那个女人回来，她回到自己家里连坐都没坐一下就又提上自己的小包出门了。她走到外面，好像又想起了什么似的，就又反身进屋，在床头柜上找到她还没有看完的那本《心灵史》。她把书很细致地放进她的小包里。小袁仍是没有回来，她于是便再一次走了出去。她仍是回学习班上的，她没有什么地方好去。汤丹买了一张火车票，半个小时以后又坐上了返程列车。

汤丹坐好了位置，努力想让自己伤心一点，可她的心却像张白纸一样空着，只是眼睛有一点干，大概是有些疲倦的缘故。汤丹想要是能弄出一点泪水来可能就好了，于是她努力去做了，眼睛却仍然是干的。汤丹不再想这个问题，她让自己去注意看铁道两边的树。杨树的外面是一些枣树，枣树的外面还是枣树。汤丹这才想起来，他们这里是生产枣子的，汤丹的儿子特别爱吃枣。汤丹过去要是坐汽车出来，她总是让车子停下来买一点回去。可是现在汤丹即便是同样能让火车也停下来，也是没有枣子可买的，因为枣子只有小指肚那样大，还是青着的。整个枣树看上去都是绿的，是那种很新鲜的嫩绿，汤丹看了一会儿眼睛就不再疼了，那样的绿色是养眼的。

想到儿子的时候，汤丹的眼睛才有点模糊起来。

汤丹一个人在学习班的宿舍里睡了一个下午，天黑下来她才有点清醒。她觉得总要干点什么，她就想起了李逸飞。汤丹拨了李逸飞的手机号，电话立刻就接通了，里面清晰地传出李逸飞的声音：喂，是谁？怎么不说话？喂，电话出了什么问题？

汤丹的心跳得越来越欢。他在哪里？他和谁在一起？他正在干什么？她这样做会不会给他带来麻烦？汤丹挂断了手机。

李逸飞那边喂了几声也挂掉了。他那天恰好是在省城开会，汤丹打电话那会儿他正在想怎么打发整个晚上的寂寞。

小袁是事情发生后的第三天赶来的。那一会儿天已经黑了下来。他敲响门的时候汤丹正一个人在房间翻看那本《心灵史》。这本书许多的地方让她对生命产生一种新的困惑，读起来也有一点吃力。但她现在需要的就是这种吃力，有时候一句话她可以读好多遍。"几十万的哲合忍耶的多斯达尼从未怀疑自己的魅力，他们对一个自称是进步了的世界说：你有一种就像对自己血统一样的感情吗？"她不懂宗教，但她为那种完全摈弃物质欲望的信仰而震撼而感动。人的智慧中为什么能产生信仰这样一种东西？人为什么不能没有信仰？人对某种信仰的追索为什么可以达到如此痴狂的程度？汤丹不知道她自己是不是也是有信仰的，她的信仰又是什么呢？她是一个平和的女人，她一贯的原则是从不去想那些让她费解的事情，她甚至都没有认真想过生命究竟是意味着什么，真的是"川流不息的天命"吗？

汤丹打开房门，小袁那张若无其事又非常心虚的脸让她的头突然剧烈地疼痛起来。另外两个小房间里刚才还有叽叽喳喳的说话声，现在却一下子消失了。幸好她们都不在，否则她真不知道该如何应付。

小袁说："就你一个人吗？"

汤丹说:"我的房间就我一个人。"

小袁说:"我可以用一下洗手间吗?"

汤丹说:"随便。"然后朝走廊里的洗手间努了一下嘴。

小袁推开洗手间的门,一个面相俊气的男人从里面走了出来。汤丹和小袁定定地看着他。

汤丹说:"你?怎么回事?"

男人笑着说:"汪键打电话让我陪她去买磁带。"

汤丹环顾了一下四周:"汪键?见鬼,人呢?"

男人说:"人呢?"

小袁看着他们俩笑了一下。

男人说:"你们忙,我不奉陪了。"说完就出去了。

汤丹说:"见鬼!"

小袁说:"是啊,真见鬼!"

汤丹说:"你什么意思?"

小袁说:"嘿,你说什么意思?"

汤丹停了大约有半分钟的时间,无声地叹出一口气来。她说:"我说什么意思都没有,你走吧,我们之间扯平了。"

汤丹没有和丈夫离婚,小袁坚决不肯离。小袁说让他们重新开始,他会对她和儿子负责任。汤丹对他的承诺毫不怀疑,小袁就是这样的人，他说出的话一定能够做到，汤丹也没有认真地想过离婚的事。汤丹只是不再让小袁靠近她，并不是有什么心理或者生理上的障碍，她只是觉得这样对他们双方都要好一点。小袁很配合，汤丹学习结束以后他一直睡在沙发上。

时间过了很久，大约有两个月。那天小袁一大早就出去了，他说要到一个县里谈他们那个企业建立基地的事。小袁现在无论干什么事情都会给她说得很清楚。他还说他的手机是开着的，汤丹有急事可以随时和他联系。

那天汤丹带着儿子去公园玩了一个上午。汤丹有点累可儿子却玩得很开心。汤丹这一段日子把精力都放在儿子身上了。汤丹让儿子去玩滑梯，她对儿子说男子汉要勇敢一点，儿子很英勇地去了。汤丹坐在旁边的椅子上晒太阳。阳光把她的眼睛弄得酸酸的，有一种想流泪的感觉。她突然就想明白了一件事情，其实，有一个人让她常常想念着也是一种幸福。

儿子每完成一次滑行就跑过来报告一回。他大口地喘着气说："妈妈，我又滑了一次！"

汤丹说："好样的，像个男子汉。"

儿子于是说："我再去滑，妈妈你可千万不要走开。"

儿子对她的依恋让她感动。儿子，妈妈怎么会走开呢。这个世界只有你和他最亲。你生育了这个小生命，就意味着你要永远对他负责任。无论在生命的岁月里你是爱他还是恨他，你都没有办法不让他依恋着。

儿子玩累了，看见一个卖烤羊肉的就要吃，汤丹平时总是嫌那东西脏，今天却给儿子买了一点，汤丹也吃了一点，味道真的很不错。后来儿子又看到一个卖酸辣粉的，仍是要吃，汤丹就又和儿子一起吃了酸辣粉，也是比较好吃的。这让汤丹又明白了一件事情，生活中有许多滋味是她没有尝过的，只是她自己并不知道。

汤丹带儿子玩了一个上午，儿子吃饱了喝足了才肯回去。娘儿俩回到家就在客厅的地毯上看电视，这时有人敲门。声音断断续续的有点不够坚定的样子，汤丹开了门。汤丹有点意外地说："怎么会是你？"

来的人也不在意汤丹的态度，却说："我来看你，请找一个说话的地方。"

汤丹这才不好意思地笑了一笑就把客人让进了屋子。客人进了屋，眼睛并不往四处看，很认真地和汤丹的儿子打招呼。小家伙有点疲乏不是太热情，眼睛只顾盯着电视。客人这才回头和汤丹讲话。不说来意，一副正襟危坐的样子，说话也是不落板眼的，模样和性情都是没有变化的。他坐在沙发的一端，汤丹坐在沙发的另一端。沙发不太长，坐三个人就不显得宽裕。沙发那端的旁边是汤丹养的一盆树，严格说是一盆草。一种叫扫帚菜的草本植物，有树的枝干，叶子则细细碎碎地蓬松着。男人说出的语言也是细细碎碎的。

男人说："这都是命，其实我那时是非常……"

男人顿了一下。汤丹明白他的意思，他想说的是爱你的。可他的脸很快红了起来，他改口说："我是想对你好的。"说话的时候并不看着汤丹，却紧张地盯着她的儿子。

汤丹说："我儿子四岁。"

男人说："是的，挺机灵的。"

男人说："我刚到那边的时候很苦，每个月挣的钱除了吃饭还不够租房子的。"

汤丹说："我知道，要是两个人可能会好一点。"

男人说："你不恨我？"说完仍然拿眼睛去看汤丹的儿子。

汤丹说："我儿子都四岁了。"

男人说："是的，挺漂亮的。"

男人一边和汤丹说话，一边用他的手去拂弄那盆草。后来他就干脆不说话而专心地去拂弄那盆草了。汤丹就有点奇怪，自己过去是爱这个人的什么呢？

男人见汤丹定定地看他，他的脸立即又红了起来。他说："对不起汤丹，爱一个人其实挺难的。"

汤丹说:"其实一点都不难,你只要告诉她你爱她,你就只管放心大胆去爱就是了。"

汤丹心里终于想明白了,其实她当初之所以没有把自己交给这个男人,并不是因为太传统,同时也不是自己没有把握,而是这个男人压根就没有不管不顾地爱过她。女人有时候是希望在爱情中遇到风暴的感觉的。

汤丹的儿子听他们二人说了一会儿觉得无聊就伏在地毯上睡着了。汤丹把儿子抱起来放到床上去。

汤丹把儿子安置好,只一小会儿的工夫,来人就变了模样。他变得很激动,他的脸也是涨红的,说话也急促起来。他说:我是专门从深圳回来看你的,我听说了你的事情,我不想你过得不好。汤丹觉得不以为然,汤丹想笑一笑缓和一下气氛,但是汤丹的眼泪却不合时宜地出来了。汤丹开始还想掩饰,泪水却分明不听话,汤丹就坐在沙发上任它流,脸上也没有任何表情。男人于是就很自然地走过去拥住了她。两个人的呼吸都有点急促起来。汤丹闭上眼睛很丧气地想:你过去不是一直想要我吗?现在你想要就要吧!男人什么也没有干,男人只是抱了她一会儿就松开了。汤丹松了一口气同时又有点灰心。

男人红着脸说:"我没别的意思,就是为了回来看看你。"

汤丹愣了一下,猛然想起来好像另外一个人也说过类似的话,苦笑了一下,说:"谢谢你!"

男人又说:"你需要钱吗?"

汤丹笑了,汤丹这次真的笑得很坦然。汤丹说:"我要钱能干什么呢?我又不做生意。"

男人又坐了一会儿,空气越来越郁闷,汤丹也不再倒水。男人就站起来要走,他走的时候迟疑了一下,因为站得很靠近,汤丹就以为他要抱她一下,男人却没有做。男人说,地址没有变,有什么事情一定告诉我。

汤丹关上房门,儿子仍在睡。汤丹感觉脚下轻飘飘的,像踩在棉花上。她靠在门上,把胳臂交叉着放在胸前,重新打量着自己生活了许多年的家。一切依旧,但一切已经远远不是那么回事了。她看到了她和丈夫的结婚照。仔细看看,她觉得他搂着她肩膀的手有点错位,好像掐着她的胳臂似的。这才想起来,他们这张结婚照是两张照片粘贴在一起重新翻拍的。当时因为一张小袁挤眼了,一张她的笑不很自然,摄影师就把两张照片剪了粘贴在一起。汤丹想,也许婚姻就是这样吧,有时候已经摔打成了碎片,也就这么粘巴粘巴,又成为一个整体了。远远看了,还真像他妈的那么回事儿!

汤丹突然轻松起来,她的忧伤,像那个下楼的男人一样,已经渐行渐远。也许生活永远都是这样,带着明显的不确定性。它有时候像个没完没了跟你撒欢的孩子,兜着圈子和你开玩笑;有时候像个面目狰狞的邻居,龇牙咧嘴地跟你较真儿;有时候又像个善良的老人,温和地守护着你。有时候它会一拳把你打翻在地然后再把你扶起来,为你拍拍身上的土,跟你和解。

不管是曾经哭过还是笑过,汤丹还是浸润在生活里。

她站到屋子中央,整了整衣服和头发,一阵突然而至的快意强烈地拍打着她,让她有点恍惚。

明天吧,明天给李逸飞打一个电话。她这样想到。

礼拜六的快行列车

下午两点三十二分,火车准点到站。二十四五岁的小女乘务员打开车门跳下来,红衣黑裙,很有几分姿态地立在车门的右侧,那种精神劲儿让我喜欢。上下车的人很多,我排在最后一个,漠然地打量着那些张皇失措或者匆匆忙忙的面孔。小乘务员隔着几个人看到我,友好地露出细碎的牙齿对我一笑。我知道她笑里的含义,小丫头鬼得很。我长期在这趟车上跑,和软席车厢的人混得都很熟悉了。我喜欢乘坐这趟列车,特快。北京和武汉对开。早上八点从武汉出发,晚上八点就抵达北京。反之亦然。没有卧铺但有一节软席车厢。舒适、经济,更重要的是快。快当然最重要,现代人干什么都强调快,包括坐火车,包括幽会。

我每半个月一次，或者准确地说每个月的第二个礼拜六下午——噢，想起来了，这个日子必须准确。这对我们双方都很重要，因为我们要为这个日子做出精心的准备——我从这个名叫郑州的大站上车到北京和一个人幽会。

千万不要因为"幽会"这两个字，马上就想象我不是个好女人。我可是个地地道道的淑女，从小就听话、自爱，门门功课考第一，没有早恋倾向。重点小学、重点中学、重点大学，一直念到博士。令我爸妈骄傲了许多年，直到涉过了二十五岁警戒线，我妈的骄傲才变成发愁。

大学毕业之前我真的是没有时间交男朋友。读博士的时候，我有点动心同时也觉得应该找一个男朋友了，好男人却不知道都跑到什么地方去了。直到博士论文答辩时我才认识了他。他目前在北京一家大型网络公司做工程师。我们俩虽不至于一见倾心，但彼此还是满意的。但是他说，年轻的时候因为读书，错过了很多大好的时光，如今想好好地放松一下，享受一下生活，还不想过早地走进"城"里去。我想想也是这个道理，既然这么多年都耽误过去了，再耽误几年又有何妨？其实什么也耽误不了，只不过耽误了那一张纸。那张纸对于两个都有自由主义倾向的大龄男女来说，又能说明什么。我们能这样相互理解，确实是一种缘。既然有了缘，我们岂能有缘无分。

要说也是顺其自然，食色乃人之大欲，更何况两个成熟的大龄男女，这是圣人都免不了的事情，包括亚当和夏娃。于是，无须经过任何语言的交涉，我们就开始了这种半明半暗，很坦然又多少有点隐讳的幽会生涯。更多的时候是我去，因为我在郑州，因为我是一个接近三十仍未嫁出去的女人。

软席车厢里一般情况下都比较松散，但是在安置好之前仍然有一些嘈杂混乱，有几个人还在大声地和车厢外面的送行者告别。外面的一个年轻女人敲了敲窗子，大概是女儿，她可能只是想和父亲再打个招呼。里面的一个老干部模样的老头却使劲地操着强硬的河南话发问："还有啥事吗？还有啥事吗？还有啥事吗？"问的声音一声比一声大，车厢里的人都笑起来。外面的女儿也笑起来，她摇了摇手，好像是在和大家摇手，她的眼睛是打量着整个车厢的。

靠近车门座位上的一个小女孩两只手很紧密地贴在封闭的窗户上，外面的一个男孩正在做着同样的动作，四只手隔着玻璃摊在一起。两个人的神情很淘气，倒是没有离别的悲戚。

汽笛发出一声尖锐的刺响，像是被人逼着很有几分不情愿地驶离车站。但是这个巨大的家伙一瞬间便抛开了刚刚拥抱过它的地方，急不可耐地挣脱永远是阴云四合的站台，撒着欢奔跑在明晃晃的原野上，没心没肺地把这个城市远远地甩在身后。我一直闹不清,那种有节奏的哐咚哐咚的声响到底是来自车体的前弓还是来自车轮与钢轨的磨撞,我似乎没有耐心去弄明白,这种声音让我很踏实。

我松了一口气,或者是叹了一口气。

窗外的景色急剧展开,即便是千篇一律的总是挂满塑料袋子的道边树和大平原,也是一种开阔的景致。但我的注意力总是集中不到一个具体的方位,我看着窗外,实际上仍是在思想我自己的事情。我觉得我们这种日子被一种浑浊的、模糊不清的气息笼罩着,很像我办公大楼后面晨雾里的那条护城河,总也看不清它的面目。对这条河我真的格外注意过,想看清楚它到底是什么模样,河里的水是清还是浑。但我努力了两次,一次也没有达到目的。一次是去早了,雾气还没有散。另一次是去晚了,雾已经升起来了。我把我们两个人目前的状况和这条河联系起来,完全是因为我脑海里充塞了太多的知识。几乎在我脑海里出现的所有事物,我都急着给它定性,包括婚姻,包括婚姻外的同居。但即使定了性,我仍然闹不明白应该怎样处置目前的这种状况,这同样是我太有知识的缘故。

尽管这些闹不明白的东西常常在寂静的夜里撞击着我发疼的心肺,实际上我们的幽会进行得很正常,并没有因为我有太多的思想而打搅过它。反而我认为在这种雾气弥漫前景不甚明了的状态中穿梭，也没有什么不好。

　　他在好几个阶段都曾经说过，他真的很爱我。他说的时候态度很真诚，我听得也很认真。但是听了以后我总是约束不了自己的思想，如果是真的爱，好像无须强调这些。意思似乎有些暧昧，说这话到底是为了坚定我的信心还是坚定他自己？我的父亲，一个体形瘦长的地质工程师，从来没有说过他爱我。我的母亲，一个漂亮的子弟学校的校长，也从来没有说过她爱我。我却能实实在在地感受到他们对我的爱，并且我知道只要我需要，他们什么都可以给我，包括生命。我因而以为爱是无须强调的，更没有必要重复。我和他之间的爱我知道有着鲜明的时代特征，现在毕竟是一个讲究包装和装潢的时代。于是我又理解（实际上是原谅）了他。我们之间应该说是相处得很不错，却又这样总被一种莫名其妙的东西阻隔着。我非常明白我是适宜做装点的那种，高贵、完美、能支撑起门面。

　　而我的背后的背后，肯定还有一些更为实质性的东西。比如在他的衬衣领口上有洗不净的口红的印痕（我从不涂口红）。再比如在他的单身宿舍的洗脸池上有一根长发（我始终留短发）。但我什么也不会说，我时刻牢记着我的身份，同时也记着他的。我知道在一个博士和另一个博士之间，绝对应该避免面红耳赤的争辩，更不能在一些细节问题上鸡零狗碎，弄得大家都不愉快。我不会撒娇，但同样也不会耿耿于怀。我来了，我达到了我来的目的，这才是全局，相对于全局而言，一些局部的、矫情的、没有被证实的东西，都无关轻重，是可以忽略不计的。

女人的情感过于含蓄文雅，就像一个人常年吃海鲜以及许多过于精细的食物，以至于吃得身体的各个部位都过于精确。秀气、优美，但缺乏浓烈，缺少烟火味。这种女人只能远远地观望，欣赏，赢得赞誉，却走不进男人的生命里去，更走不进男人的生活中去。这就是我对自己的定位。我这种女人，过于执着，过于明白细枝末节。一旦我明白了我自己，在我想挑剔别人的时候，总是觉得欠了人家点什么，所以又往往回过头指责自己、反省自己，有极端的自制能力。因而我虽不容易被人接受，也不至于遭人厌倦。

以上这些东西都是我在火车的行进中一小节一小节地顺理成章思考出来的，不与人面对的时候，我就能充分享受思想的快感。实际上在我思想的时候，时间和空间都在急剧地变化着。也就是说，我的思想已经从郑州延长到邯郸或者是石家庄，火车走了又停停了又走，这些地名对我没有任何意义，我之所以说它只是作为一个参照物。不过也不能说一点意义没有，在通常的情况下，车一过保定，我总要设计一下我们见面时的几句开场白，制造一些罗曼蒂克，力求出新意，总和上次不一样。

大约就是我准备给我的思想来一次小结的时候，从前面小站上来两个人中断了我的思路。这两个人由于有特别明显的不和谐之感，所以一下子就集中了我的注意力。他们就坐在我斜对面的座位上，当然是一男一女。女人一上来就闭紧眼睛侧过身子伏在靠背上背对着男人。男人在她的身后一落座就开始喋喋不休。

一个把头扎在那里自顾自地睡，看那样子打算把这姿势一直保持到底。一个却自顾自地不带休止地说，他的口气和表情都很坚定，大概不把女的说服誓不罢休。说的人不辨南北西东急于要解决什么问题。睡的人假模假式却不知受的是什么样的委屈。他们踞坐的方位刚好是午后的阳光照射到的位置，光度不强烈但很浓厚，好像台上的追光灯，因而，他俩也就有几分演员的味道。

我距他们约两米的距离，这是一个非常利于观察的距离。你不要指责我不道德，窥私欲是人类的通病。在观察人上我不亚于克格勃，只消不几眼我就判断出了这两个人的关系。这也是一对流行的组合，男的约莫有四十多岁，大概是有点钱（不会太多），老婆到了用化妆品也抵御不了岁月的年龄。女的最多二十多岁,正是充满物欲和满脑子幻想的年纪。

男的说了半天,见女的仍没有改变姿势的意思,声音陡然提高了一些,那样子很像一个单口相声演员,或是一个力不从心的三流导演,正在全力调动演员的情绪。他的语言系统显然和我不一样,尽管我付出很大的努力,仍然听不懂他说的只言片语。他说得逐渐生动起来,两只手也充分发挥了作用,时而张开,时而紧紧地握在一起,时而用一只手掌在另一只手心上猛拍一下,弄出铿锵的声音来。

那女孩似乎动了一下,但仍然没有张开眼睛的意思。

也许她知道还应该有好多好听的话在后头,光凭着着急和催促还不行,必须要有承诺,还要有誓言。我猜想那个男人一定会说:"我会真诚地对你,我可以为你付出一切哪怕是生命。""你知道,我已经离不开你。失去你我会痛不欲生。"这时火车又驰离了一个车站。着红色上衣、黑色短裙的乘务员过来送水,她敲了两下桌子我才回过神来。尽管她不可能察觉到我的注意力集中在什么地方,我还是飞红了脸。

我拧了一下自己的脸,暗中在心里骂了自己一声缺德。这本是我的男朋友在催促我上床前对我说的话,这个男人怎么说得出来。这话应该是在花前月下,把手按在胸口上说的,它绝不是在火车上并且由这样的男人口中说出来的。

女孩仍是合着眼睛紧闭着执拗的嘴。她太年轻,年轻得连生气都像在和谁打一个赌。她的五官是端庄的,仔细看甚至很有一些个性。我一直在想她像某一个电影演员。

对,像瞿颖,只是有一点,也许不比瞿颖差呢。她的衣着很时尚,但质地过于粗劣。头发修剪得很流行,但有一点不柔顺,显然缺乏护理,乱蓬蓬的,使我在观察她的时候总是忍不住想伸出手去替她理一理。我有一些这方面的不太好的习惯,我见到资质比较好的女人,她们的衣着或者发式假如与她们的自身条件不太吻合,我总是在心里三下两下把她们扒光,然后按照我给她们重新设计的标准,认真地替她们装扮一下。如果这是一个天资不错,有几分可爱的女人,我还会为她们安排一个与之相匹配的新的身份。现在我就开始给眼前这个女孩进行一次设计。她是个正在念书的大学生,她喜欢文学,她懂得欣赏西方音乐,她一定要再高傲一点,她穿上了一套要么很整洁要么很雅致的服装。她漂亮,她有气质,她有个性,她的教养很好,她的举止大方又得体。她可以出现在外企豪华的办公大楼里,可以站在T台上,可以在卫星电视的演播室里引导一群观众做游戏,她可以……火车在颠簸中震颤了一下,像是被谁打了一拳,恶作剧般地把车厢里的人全体向着一个方向甩了一下,然后又若无其事地继续前行。我一下回过神来,禁不住哑然失笑。也许她现在就很不错,即便她什么都有,又能怎么样呢。我倒是穿戴高雅、举止得体,然而还不是和她一样,名牌皮包的夹层里放着安全套,从一个城市游向另一个城市。

男人的声音温和起来,他肯定朗诵到了誓言那部分。

女孩终于睁开了眼睛。她静静地盯住男人的嘴,迷离在男人语言的枪林弹雨之中。她醒得让我有些失望,她的脸上完全失去了睡时的个性,尽管依然称得上漂亮,但看起来却空泛得多了,没有美感。

"我会常常带你出去旅游,下一次我们去南方,你没有见过海豚吧?那叫可爱呢。皮肤像绸缎一样闪闪发亮,能听懂人说话,会做许多花样,还会撒娇,像个不听话的娃娃。"

这些话当然是我的想象,我觉得这才有些符合男人的语气。男人一边说一边用手爱怜地抹了抹女孩脑门上的一绺头发。女孩仍然不肯开口,但看上去表情柔和了一点,不再把脊背侧过去。男人顺势取过了她的手中一直紧紧抓着的一个小包。我猜想那包里装的是一瓶安定片,或者是一封写好的遗书。她可能准备自杀,找一个没有人的地方,或者投河,或者卧轨……我马上停止了想象。其实,很可能包里面什么都没有,因为女孩顺从地松开了手。她任她的手在男人的手里握了,脸却仍旧呜嘟着。男人松了一口气,男人好像说,这就对了，你要乖。男人又用手理了理她的头发。

男人说话的时候，手机不停地响着。这时他的口气就变了，很严肃、很威风。一本正经地下达着指示，丝毫没有商量的余地。

女孩的眼睛慢慢又闭上了，这一回可能是真的想睡了。窗外的阳光一闪一闪地扑进来，打在她那年轻的脸上。这是二月的一个下午，阳光这会儿也显得有些慵懒。

那男人似乎处在间歇阶段，扭着头望着窗外，像是陡然间装进了满腹的心事。

我有些百无聊赖，我插在口袋里的手不停地玩弄着上次见面时他送我的一条时装项链。我不喜欢这些矫饰的东西，也不习惯接受或者馈赠什么礼物。现在他在干什么呢？我拨了一下他的号码，又觉得没有什么话可说，就没有拨出去。所以他在干什么这个问题，也只在我心头短暂地停留了一下，连个轻微的划痕也没有，就又溜了出去，就像打在那女孩脸上的阳光一样。我想，两个博士，两个知识的精英，都不需要彼此为对方承诺什么。像他在干什么这样世俗的问题，对远在千里之外的我，又有什么实际的意义呢？现代人对什么都能看得很开，据说美国航天局已经拨出专款研究宇航员如何在太空中做爱。在失重的环境下做爱，天啊！亏他们想得出来！不过这也说明，性的问题已经上升为科学的问题，而科学是不受道德支配的。现在人们对年轻人生活作风上朝秦暮楚的看法，比对当年我爷爷奶奶一生一世的执着都更能认同。

我无端地想把我手中的项链送给那女孩。她似乎很想睡，但她坚持不让那男人脱她那双怪里怪气的靴子，男人一次又一次地努力，她一次又一次地坚持。几个回合下来，两个人的鼻尖都渗出汗来。男人停止了一会儿，伏在她耳边很小心地说了一些什么，女孩终于任他把靴子脱了下来。女孩的脚被他端到腿上，很温柔地抚弄着。这让我想起北京的那些夜晚，我的男朋友也曾经这样，在他的腿上，我的脚被揉得舒适无比。在那样的温柔乡里，我就常常想，生活真的相当美好啊。在男人耐心的抚慰里，女孩很快地沉入梦乡，睡得很恣意，很放松，没有心事。

我不知道梦着还是醒着。在梦里我好像和男朋友通了一次电话。他说他爱我，他说他因为方方面面的原因必须经常和别的女人在一起，但他爱我是真的。我想也许是真的吧，我权当是真的，因为我还想睡。这时那个男人又开始说话了，因为那个女孩醒了。男人于是又很起劲地要替她穿上靴子。她不肯，她把两腿蜷缩在自己的怀里。她的眼睛一直盯着一个地方，她还在继续生气呢。男人又开始了无休无止地聒噪，好像又重复了一遍，央求、保证、责备、威胁之类。女孩只是无动于衷。男人好像挺生气地走到车厢的另一头，并且在那里抽了一支烟。男人的西装有一点肥大，穿在他略显僵硬的身躯上像挂在衣服架子上，仿佛是应急租来的。

推小货车的过来了。售货员是个小伙子，他不似往常一边走一边吆喝货物的名字。他身着统一的红衣黑裤的铁路制服，显得过于秀气。体形修长、皮肤白皙，眼睛美得有点倦怠。这一回我一眼看出来，他非常像电影演员谢军。

男人招呼住了小货车，他大概是想调动女孩的情绪，他慢腾腾地点燃一支烟，却迟迟不发话。我都有一点替那小伙子着急了，小伙子也真有耐性，始终沉着地立着，并没有表现出不耐烦来。

这趟列车的服务非常周到，大约是因为行驶的时间刚好是一个白天，乘务员不需要值夜，特快停靠的车站又比较少，他们的精神状态和服务态度似乎要比别的长途车次好得多。当然这只是我的判断，也许是管理机制在起作用呢。

男人终是买了一包花生米和一瓶可乐。车上那么多好吃的东西，开心果、牛肉干、果汁……而他好像不太了解女孩子的口味，他只要了一包花生米和一瓶可乐。女孩的脸因为刚刚睡醒，显得很有光彩。我突然冒出一个突兀的怪念头，女孩为什么要继续跟这个脸部肌肉松弛的男人坐在一起呢?她是属于应该被生活宠着的那种。她应该跟着那个推货车的小伙子一起走,他们两个都是那么健康鲜活。

男人打开可乐和花生米,递到女孩手中。女孩不吃也不喝,仿佛她已经受到货车上物品纷繁的诱惑,花生米可乐她根本看不上。其实女孩仍旧是在生气。

火车又在一个大站停靠。不断地有人上车下车。好长一阵子,男人不再说话。男人好像无计可施了,他露出一脸的疲惫之态。这样年龄的男人同这样年轻的女孩在一起,让别人看了很累。男人吃了一会儿,恢复了一些力气。男人用手摸了摸女孩的头,好像是在说:我带你去做一个头发,最时兴的。又用手摸了摸女孩的上衣:我给你买一件新衣服。然后看了看女孩的靴子:还有鞋子。

女孩说,谁稀罕。这答话的内容我是从女孩的表情上猜出来的。列车前行了很长一段时间,女孩总算开口了。声音果然像人一样年轻。男人的情绪又回来了,男人有点激动地说,你不生气了这就对了,我说的话你要想明白,你要乖点儿。女孩说,别肉麻,我爱怎么样就怎么样。男人说,别闹了。

女孩说,我不想听你的,我是你的什么人。男人说,我会对你好。

他们一递一句地说着，说的大概就是这些内容。我想。

好像我与我的男朋友也有过争执，但我们说的和应的都非常含蓄。说这些话的时候，我从不忘记我是个博士，表现得很有姿态，自信，有主动权，绝不是赌气。

列车播音室广播开始供应晚餐了。男人说我去叫餐，软席车厢可以直接叫餐。女孩好像饿了。女孩因为饿而不再固执。男人很快叫来了鱼块、香芋红烧肉、酸辣肚丝汤。女孩吃得很香很投入，食物在她的嘴里发出欢快的叫声。饭菜吃到一半，女孩竟然说笑起来。饭菜在他们言归于好的欣喜里被风扫残云。后来女孩说，我们玩牌吧。女孩的伤心像天上的浮云一样消失了。因为年轻，即便有天大的伤心，也是很快可以忘却的。一顿可口的饭菜，便把她不甚舒服的心弄得妥帖起来。她还处于那种禁得起伤痛的年龄，也有可能还并不懂得什么是伤痛。也许在一顿饭之前，她正为昨夜失去的贞操而痛不欲生；也许正为今后的前途渺茫而肝肠寸断。好像一顿饭便解决了所有的问题。笑容又在她脸上重新开放，也说不定，她此刻是否也在撇着嘴打量我的同时，想着，对面这个孤独的女人是多么寂寞啊！北京在我迷迷离离的思想中扑入眼帘。火车到站了。

此刻已经是万家灯火，人群像流水一样地向外涌去。

我在站台水银灯刺眼的光照里寻找到了男友微笑的面孔。

因为微笑在脸上逗留的时间长了,有点虚假。但我仍然感动。像我这么冷静的大龄女子,讨别人一个微笑,的确是不容易了。我并不急于下车,我不同于那些进京办事或者观光旅游的匆忙的乘客,我总是等到所有的人都走光,我落在最后礼貌周到地和小乘务员告别。我知道我们不会急匆匆地展开。这需要有一些时间让我们想办法熟悉对方。通常在做一切之前,我们要有一顿丰盛的晚餐。

图书在版编目(CIP)数据

九重葛 / 邵丽著. — 北京：北京十月文艺出版社，2025.4. — ISBN 978-7-5302-2460-1

I.I247.7

中国国家版本馆CIP数据核字第2025GP6234号

九重葛
JIUCHONGGE
邵丽　著

出　　版	北京出版集团	
	北京十月文艺出版社	
地　　址	北京北三环中路6号	
邮　　编	100120	
网　　址	www.bph.com.cn	
发　　行	新经典发行有限公司	
	电话 010-68423599	
经　　销	新华书店	
印　　刷	北京盛通印刷股份有限公司	
版　　次	2025年4月第1版	
印　　次	2025年4月第1次印刷	
开　　本	850毫米×1168毫米　1/32	
印　　张	8.75	
字　　数	146千字	
书　　号	ISBN 978-7-5302-2460-1	
定　　价	45.00元	

如有印装质量问题，由本社负责调换
质量监督电话　010-58572393

版权所有，未经书面许可，不得转载、复制、翻印，违者必究。